Marie - Josiane
H.V

J'ai commencé par un verre

Geneviève Casasus

avec la collaboration de
Valérie Péronnet

J'ai commencé par un verre

document

Oh! ÉDITIONS

ISBN : 978-2-915056-78-5

Je l'ai rencontré il y a trois mois à peine. Un pilote de ligne avec une hôtesse de l'air, c'est dans l'ordre des choses... Je ne sais pas si je l'aime, mais j'aime être avec lui. Il est doux, gentil, loyal. Le contraire de tous ceux que j'ai connus jusqu'ici. Alors, je ne me pose pas la question. Je me laisse aimer sans trop réfléchir.

Et puis voilà que son frère a décidé de se marier ! Tout s'est accéléré, d'un seul coup. Je ne connais personne de sa famille, mais il a trouvé que c'était l'occasion parfaite de me présenter à sa mère, ses frères et sœurs, ses neveux... Je me suis préparée à la fête sans arrière-pensées. Avec lui, je me sens en sécurité. Finies, les heures à me demander qui attend quoi de moi, et quelle attitude je devrais adopter pour obtenir le meilleur résultat ; quel rôle jouer pour qu'on pense de moi plutôt ça que ça, et quelle histoire raconter pour faire le meilleur effet... Finie, la pression constante d'avoir peur de rater, d'être à côté, de ne pas assurer, de décevoir.

Cérémonie, vin d'honneur, repas de noces. C'est un mariage cool et joyeux, à son image. Je me sens bien.

Je ne sais pas pourquoi je me suis mise à boire. Sans y penser, pour m'amuser, pour être avec les autres. Un verre, deux, trois ; une bouteille, deux, plus. J'ai dansé debout sur la table, tout le monde a ri. Médusé, il a découvert une femme qu'il ne connaissait pas, extravertie, déchaînée. Ça l'a surpris, sûrement, mais ça ne l'a pas catastrophé. C'était la fête, un moment spécial que je vivais avec fantaisie. Il connaît mon côté fantasque. C'est aussi pour ça qu'il m'aime.

Au réveil, j'étais en manque. Affreusement. Je le lui ai caché en prétextant une terrible gueule de bois ; tout à fait crédible, au vu de la furieuse cuite dont il avait été spectateur la veille. Moi, j'avais besoin de ma dose pour calmer mon petit déjeuner.

— Je sais que ça va te paraître bizarre, mais je boirais bien une bière.

— Une bière ? Là ? Maintenant ? Mais on vient de se lever !

— Oui, je sais, mais j'ai mal au cœur. Ça doit être la fête d'hier... Et quand j'ai la nausée, le truc radical, c'est la bière.

Je l'ai drôlement bien joué. Je suis allée boire mon premier demi du matin, sous son regard étonné, mais pas inquiet. Le premier demi de ma vie avec lui.

Il ne savait pas, et je ne voulais pas savoir, que je venais de rouvrir les portes de l'enfer.

Évidemment, un demi n'a pas suffi. Dès que la première goutte d'alcool est entrée dans mon sang, tout mon métabolisme s'est mis à bouillonner. Un verre, et j'étais repartie dans mon siphon : encore un petit, encore un grand, encore une dose, encore, encore... Le lundi d'après le mariage, j'avais replongé. Sauf qu'en plus, il fallait que je le lui cache, à lui. Une raison supplémentaire de reprendre une gorgée : reboire, c'est me remettre sur le dos une tonne de pression. Me cacher pour que ça ne se voie pas au boulot. Me cacher pour que ma mère ne s'en rende pas compte. Et maintenant, le cacher à cet homme dont je partage le quotidien. Plus je dois me cacher, et plus je bois, pour soulager cette angoisse-là, d'être découverte et de tout perdre. Mais plus je bois, et plus je dois me cacher... C'est comme ça qu'on se noie, lentement mais inexorablement.

J'ai commencé à planquer des flasques d'urgence, un peu partout dans la maison. Dans la salle de bains, pour pouvoir boire le demi-litre d'alcool fort qu'il me faut désormais au lever, avant de me doucher. Whisky, douche, bain de bouche et, pour mon homme, un baiser dentifrice qui sent bon la fille toute propre avant d'attaquer le petit déjeuner.

Dans les toilettes, le bureau, le garage, la cuisine, la cave, le jardin. Partout, des petites fioles pour ne pas devenir folle. Que du fort, bien puissant, que ça aille vite et que ça fasse son effet dans mon sang. Gin, whisky, vodka. Et des litres et des litres de bain de bouche pour camoufler tout ça.

Je garde la bière et le vin pour la partie autorisée : les repas et les apéros, en public et en bonne compagnie. Je maîtrise mon ivresse, visible parfois quand elle peut s'expliquer, mais la plupart du temps planquée, comme un fauve tapi qu'on empêche de hurler. Elle me va bien, pour le moment. Elle me rend drôle et légère, joyeuse, vive. Pas question de la laisser me basculer dans la folie incontrôlée qui me fait faire n'importe quoi, n'importe où, avec n'importe qui. Je ne traîne plus dans les bars. Je bois chez moi, à l'abri des regards et des ivrognes. En douce, pour que ma vie continue de l'être aussi. Je ne compte pas les quantités ; un demi-litre par-ci, une flasque par-là, les mignonnettes des avions... Trois litres, peut-être quatre. Chaque jour. Plus la bière et le vin...

Une semaine où il est en rotation à Hambourg, exactement comme lorsqu'on s'était rencontrés, je décide d'aller le rejoindre, au lieu de rester seule à Francfort ; je suis en repos. Je l'attends en somnolant dans sa chambre d'hôtel. Je suis bien. Je flotte un peu, comme d'habitude, mais je suis contente d'être là, et de savoir qu'il va arriver, bientôt. Cet homme, c'est la sécurité. Quand il dit qu'il vient, il vient. Il a été ravi que je l'appelle pour lui dire que j'allais passer ces trois nuits avec lui. C'est facile de lui faire plaisir. Mois après mois, il m'a fait une jolie vie auprès de lui. Je commence à me dire que tout ça est possible. Être aimée, aimer, sans passion, ni cris, ni hurlements. Apaisée. Et si ce que je prenais pour de l'ennui n'était, finalement, que du bonheur tranquille ?

— C'était donc ça...

Je me suis endormie, assommée par une journée d'alcool savamment distillé dans mon organisme. Je ne l'ai pas entendu entrer dans la chambre, ni se diriger vers la salle de bains. Mais là il est en face de moi, debout au pied du lit. Et il tient à la main ma dernière trouvaille : une sorte de flacon bizarre à tête de cheval, qui peut tout à fait passer pour une bouteille de parfum, et que j'ai glissé dans ma trousse de toilette, après avoir pris soin de le remplir de ma dose de whisky, ambré comme un parfum, pour pouvoir boire ma première rasade en douce le lendemain matin, au saut du lit.

— Tu bois, c'est ça ?

Je suis sans voix. Je le regarde. Il a l'air d'un vieil homme accablé par ce qu'il vient de découvrir.

J'attends que le monde s'écroule et de voir, d'un seul coup, tout disparaître autour de moi. J'attends d'être engloutie dans le séisme que va déclencher cette putain de tête de cheval. J'attends les insultes, la colère, le mépris. J'attends d'être chassée, giflée, répudiée. Il aurait raison de faire ça. Je lui mens depuis des mois.

— Tu m'as caché ça pendant tout ce temps ? Tu m'as pris pour un imbécile...

Je ne peux même pas crier plus fort que lui ; il ne crie pas. Ne bouge pas. Ne me menace pas. Il est calme. Sa voix est douce. Il me regarde comme il me regarde depuis des semaines : profondément, calmement, avec amour. Il est là, devant moi, grand, beau, fort, tranquille. Le même depuis toujours...

La seule différence, c'est qu'il pleure.

Je n'ai pas rêvé toute ma vie d'être une hôtesse de l'air. Petite fille, j'aurais plutôt voulu être une artiste. Une pianiste, comme ma mère merveilleuse, qui avait sacrifié pour nous une carrière prometteuse, sûrement remplie de sunlights et d'applaudissements. Ou, plus tard, quand j'ai compris que mes dons musicaux étaient bien trop modestes pour me propulser hors du lot, comédienne ; tragédienne, comme Sarah Bernhardt, ou star éclatante et sublime, comme Romy Schneider. C'est vers cette direction qu'a penché ma vie, dans un premier temps. J'étais une enfant timide, presque sauvage ; totalement accrochée à ma maman, et souvent égarée dans un monde juste un peu à côté de la réalité. Comme beaucoup d'enfants, je rêvais les choses, et les gens. Je me baladais dans une sorte d'univers parallèle dont ma mère était la déesse, mon grand-père l'ogre gentil, mon père et mon frère les envahisseurs, et moi la princesse égarée. Il y avait aussi des démons et des fantômes, des terreurs et des ravissements. J'avais un peu peur d'affronter le monde. Le vrai.

Mais j'ai appris, très vite, que la plupart du temps, il suffisait de faire semblant pour que les autres n'y voient que du feu. Semblant de ne pas avoir peur même quand on a peur, d'avoir envie même quand on n'a pas envie, d'être contente même quand on ne l'est pas, de savoir même quand on n'en sait rien… C'était pratique, et pas très compliqué : « faire semblant » permettait de passer tranquillement d'un monde à l'autre, sans que personne d'autre que vous s'en aperçoive. J'ai donc appris à faire semblant, de mieux en mieux, sans imaginer à quel point ce savoir-faire redoutable allait devenir le pilier de mon existence…

Je ne sais pas comment m'est venu le courage de monter sur une scène. J'aimais les mots, énormément. Alors, j'ai lâché le piano, et ma mère, pour faire du théâtre. M'engloutir dans les textes, leur donner corps, les jouer et les laisser me transformer. M'en exalter ; exulter ! Je n'avais pas perdu ça de l'enfance : ce goût des émotions fortes qui disent qu'on n'est pas comme les autres, qu'on vit des aventures extraordinaires, que si ça se trouve, personne ne peut vraiment comprendre, et que même quand on sera devenue une grande personne, on sera toujours différente parce qu'on sait que ça, ça existe. Je n'étais pas vraiment sortie de mon monde parallèle ! Ça m'a réussi, pendant un moment. Au Conservatoire de Lyon, j'ai reçu le premier prix de comédie : une sorte de reconnaissance de mon savoir « faire semblant ». Il ne m'en fallait pas plus pour me voir déjà en haut de l'affiche. Avec la bénédiction à la fois admirative et inquiète de mes parents, qui auraient quand même préféré que je fasse de bonnes études assorties de bons diplômes bien solides, si possible sans quitter la région, je suis partie à l'assaut de la capitale, où s'ouvrait à moi, c'était sûr et certain, une carrière extraordinaire ; celle-là même à laquelle avait dû renoncer ma mère.

Évidemment, c'est à Paris que le monde réel s'est cogné assez violemment à mon confortable univers parallèle...

Il y avait eu quelques incursions prémonitoires, déjà. D'abord, François, ami de la famille, qui venait dîner à la maison quand sa femme et ses enfants partaient en vacances avant lui. Un bel homme à la voix grave et à la carrure protectrice. Je voulais lui plaire. Qu'il me trouve jolie et pleine d'esprit. Qu'il voie que j'étais une femme, moi aussi. Ou que je le serai bientôt. Mais comment plaire à un homme, un vrai, quand on a quinze ans, qu'on est timide et tellement persuadée d'être plus que moyenne, en tout ? J'ai bu du vin, à table. Et je me suis mise à raconter des choses très drôles, qui ont fait beaucoup rire tout le monde. Même mon frère, même mon père. Même ma mère. J'ai vu dans les yeux de cet homme quelque chose s'allumer, que je n'ai pas su nommer, mais qui m'a troublée. J'ai trouvé ça délicieux, excitant, passionnant. J'ai attendu le prochain dîner avec intensité.

Le lendemain matin, j'ai été malade à en mourir. Mais ça n'avait pas d'importance : j'avais passé une soirée palpitante.

Il y a eu, quelques mois plus tard, un étrange voyage en Italie, en famille. Nous avions fait la connaissance d'un chirurgien très chic qui nous a invités à dîner dans sa belle maison élégante. Sa femme était absente ; j'avais l'impression qu'il faisait une cour discrète à ma mère, sous l'œil amusé de mon père, qui savait à quel point il ne risquait rien. Soir d'été, très stylé ; nappe blanche et costumes légers. Le professeur parlait comme Marcello Mastroianni. J'avais envie de l'épater, de les épater, tous. Il y avait du vin, tout le monde était un peu gai. J'ai commencé à déclamer ce qui me venait de mes cours de théâtre. Ils riaient. L'homme m'a resservie. Je buvais, je déclamais, ils riaient. La même lueur dans ses yeux que dans ceux de François. Ils étaient gais, j'étais soûle. Mais ils étaient ravis.

Au réveil, ma deuxième gueule de bois. Terrible, violente, écœurante. Un détail, au regard de la si jolie soirée de la veille, qu'on aurait dit sortie d'un film italien. Il fallait aller chercher ou rapporter un livre chez le chirurgien, je ne me souviens plus. Une fois passé la migraine, j'y suis allée, toute seule. Il ne m'a pas sauté dessus, mais il m'a dit, avec des mots très crus, qu'il en avait le désir et l'intention. Le désir très cru d'un homme plus âgé que mon père. Son regard sur moi. Ses mains, son odeur. Ma panique.

Je me suis enfuie, les deux nausées mêlées : celle de la cuite de la veille, et celle des mots de cet homme. Je n'ai rien dit en rentrant, mais j'ai passé la nuit à trembler, terrifiée, angoissée, au point qu'il a fallu partir le lendemain matin. Quitter d'urgence cet endroit sans que rien de ce qui ne s'était finalement pas passé ait été évoqué. C'est comme ça dans ma famille : on parle de tout, sauf des choses importantes…

Ces deux premières cuites auraient dû me vacciner à jamais contre l'envie de recommencer. Au lieu de ça, elles ont tatoué dans mon cerveau de jeune fille tourmentée et tellement peu sûre d'elle une information capitale : quand je buvais, les adultes riaient et me regardaient comme une des leurs. Et les hommes, comme une femme.

La troisième cuite a inauguré ma nouvelle vie à Paris. C'est la dernière que j'ai comptée et, sans doute, la première de la très longue série qui m'emmènerait jusqu'en enfer. J'avais raté le concours d'admission au Conservatoire national. Je me suis donc inscrite au cours Florent pour devenir comédienne, et à la fac d'histoire de l'art et de lettres pour assurer mes arrières et obtenir les diplômes si nécessaires à mon statut de femme intelligente et donc fréquentable. Je vivais dans une chambre de bonne sinistre, aux abords du Panthéon. Après avoir découvert auprès d'un copain de mon frère les déplaisirs sans intérêt de l'amour sans amour, et sans talent, j'avais trouvé à Paris un « amoureux » improbable, par convention, pour faire comme tout le monde : un étudiant ennuyeux, amant médiocre, dont je ne savais pas comment me débarrasser. En théâtre, c'était la débandade : j'avais bien vu dans les yeux de Florent que je ne l'intéresserais jamais. Et pour cause : je n'avais pas le charisme de certains de mes camarades, ni les atouts anatomiques de certaines autres. Malgré tous mes efforts, et tous mes espoirs, je ne sortais pas du lot. Ma vie parisienne était grise et terne, étriquée, comme mon logement minable. Rien ne scintillait, rien ne pétillait, rien ne palpitait. Je me détestais et ce monde bien réel m'ennuyait à mourir…

Sauf le mercredi. Le mercredi, c'était le jour béni. Le jour où la vie redevenait comme je rêvais qu'elle soit. J'étais invitée à dîner chez des amis d'amis de ma mère. Des artistes. Lui est peintre et sculpteur, grand copain de Picasso. Elle est sublimement belle, drôle, intelligente, talentueuse, cultivée. Et tous les mercredis, ils invitent la petite provinciale à se joindre à eux – et à leurs invités – pour dîner, boire et parler d'art. J'étais un peu la mascotte. Je prenais des cours de sculpture, et j'aimais ce que j'apprenais en histoire de l'art. Je voulais leur plaire. À tous ces hommes charmants avec qui je buvais du vin, et surtout à elle, qui me faisait penser à ma mère, et à qui j'aurais tant aimé ressembler.

Le premier mercredi, j'ai pris la troisième cuite de ma vie. Je les ai tous fait beaucoup rire. J'étais si ivre que mon hôte s'est senti obligé de me ramener jusqu'au bas de mon escalier. J'ai dû monter mes cinq étages à quatre pattes, avant de m'affaler sur mon lit. Le lendemain, mon réveil a été épouvantable : l'alcool me rendait toujours malade comme un chien. Peu importe, j'avais passé une si bonne soirée... J'ai attendu le mercredi suivant avec hâte. Je savais qu'il serait gai. Il aurait le goût de la fête et des artistes, l'odeur de cette femme si belle que je n'oserai toujours pas approcher, et du vin qui coulerait à flots et délierait mes timidités. J'avais juste compris qu'il fallait que je m'arrête un peu avant de ne pas pouvoir rentrer chez moi seule. Surtout, ne pas devenir un fardeau qu'on n'invitera plus pour ne pas avoir à le déposer en bas de son escalier. C'était assez simple, finalement. J'apprenais très vite. Ma quatrième cuite, je l'ai contrôlée au verre près. Je suis rentrée en titubant, mais sans l'aide de quiconque. Comme tous les mercredis d'après.

C'était fait : j'aimais l'alcool. Je le savais, et je le savourais. Ça me mettait dans le clan des artistes, de ceux qui voient le monde autrement. Ça transformait mon regard, et tout ce qu'il effleurait, en beautés que les crétins qui ne boivent pas ne peuvent pas imaginer. Ça faisait trembler mon existence de vibrations merveilleuses. Ça me rendait différente, séduisante, vivante.

Le reste de la semaine se traînait, sans intérêt. Je n'osais pas dire à mes parents que j'avais arrêté le cours Florent. Je travaillais à la fac pour rapporter les indispensables trophées : des unités de valeur qui, mises bout à bout, feraient un diplôme universitaire, puis deux, puis trois ; le minimum vital, pour nous conforter, mes parents et moi, dans l'idée que j'étais quand même bonne à quelque chose. Je me consumais d'admiration pour la femme du peintre, et aussi pour une prof d'écriture théâtrale à laquelle je n'osais rêver de ressembler. Et le soir, avec mes copains de fac, je faisais semblant d'être une étudiante joyeuse et décontractée, comme tout le monde, en buvant un demi à la terrasse d'un café. Il avait le goût des bières sans alcool de mon enfance, auquel s'ajoutait une toute petite touche de mes ivresses du mercredi ; plaisir volé à la grisaille, plein de promesses, en attendant la belle soirée hebdomadaire.

Il faut attendre ma quatrième année d'études pour qu'apparaisse, dans une rutilante voiture de sport, l'élément perturbateur qui va mettre, sans en avoir l'intention, un point final à ma vie d'étudiante. Père suisse, mère américaine ; casier judiciaire chargé, passé louche, histoires troubles d'espionnage et d'escroqueries ; c'est le cousin Rony, l'homme qui brille, dont on ne sait pas s'il est la honte ou la fierté de la famille. Il a trente ans de plus que moi, les cheveux blancs, des costumes merveilleusement coupés. Avec lui, tout est drôle, tout est simple, tout est luxueux. Il débarque à Lyon, où je suis venue passer Noël chez mes parents. On écoute ses histoires à dormir debout en buvant du champagne. Il n'a d'yeux que pour moi, j'adore ça. Il me fait la cour, pour rire. D'ailleurs, ça fait beaucoup rire tout le monde. Il pourrait être mon père !

Quand je rentre à Paris, il me suit et me poursuit. Surgit dans ma petite vie toute grise avec sa voiture très rouge et très chère. M'invite à dîner dans des restaurants magnifiques. Et à coucher avec lui, dans le lit immense de son hôtel cinq étoiles. Merveille ! Me voilà repartie loin du monde réel, si ennuyeux, si terne ! Tout à coup je suis une princesse. La maîtresse choyée d'un homme, un vrai. Il me traite comme une femme, une vraie. Tout autour de moi se met à scintiller. Il m'offre des vêtements doux et somptueux. Je découvre avec lui que l'amour n'a rien à voir avec ce que m'en ont montré les deux tristes sires qui m'y ont initiée. J'apprends la volupté, le désir, le jeu. Le luxe et la luxure. Le sexe.

Rony m'avait prévenue : à Montreux, où il habite, une femme mariée est sa maîtresse depuis des années. Je m'en fichais, je l'aimais et je le voulais. Enfin, je le voulais, surtout. La petite fille que j'étais encore refusait de lâcher ce nouveau jouet extraordinaire qui venait de lui tomber du ciel et remplissait sa vie de paillettes. J'ai fait tout ce qu'il fallait pour le garder.

Quand il m'a écrit pour me dire de venir les rejoindre à Montreux, pour y jouer à d'autres jeux, je ne me suis même pas demandé si j'avais envie qu'il me traite comme ça. Moi, je n'y connaissais rien, c'est lui qui savait. Les gamines croient au prince charmant, mais les princes charmants roulent en Porsche rouge, couchent avec leurs deux maîtresses en même temps parce que c'est tellement plus amusant et se moquent des gamines qui pourraient trouver ça choquant. J'avais vingt et un ans, l'impression d'être enfin une adulte et d'avoir l'occasion unique de pouvoir échapper à une vie qui ne m'intéressait pas. Je suis partie à Montreux.

Ce fut bref et sordide. « Oublie les histoires d'amour, ça n'existe pas. La vraie vie, c'est le cul. Tu en profites bien, et après tu tournes la page et tu passes à la suivante. Réfléchis à ce que je te dis, princesse. Et souviens-t'en. C'est pour ton bien… » Rony se préoccupait de mon bien. Mais surtout du sien : sa petite princesse ne l'amusait plus. Sans mon innocence, qu'il avait pris grand soin de piétiner, je n'avais plus beaucoup d'intérêt à ses yeux. Pire, je devenais collante. Je le gênais. Je l'encombrais… Il m'a quittée.

Je suis allée cacher mon chagrin chez ma grand-mère, en Suisse. Elle m'a accueillie avec ma grand-tante, sa sœur. Le soir, on sirotait un alcool de dames, le Cynar, une sorte de porto italien à base d'artichaut. C'était bon, doux, consolant. Après qu'elles étaient couchées, je m'en resservais quelques verres. Et chaque jour, j'allais en douce racheter une bouteille pour remplacer celle que j'avais bue dans la soirée, en toisant l'épicier d'un regard féroce pour qu'il n'imagine pas un seul instant pouvoir se permettre de faire la moindre remarque. Je n'étais pas alcoolique ; je noyais un chagrin d'amour. Mais l'amour, comment pouvait-il savoir ce que c'est ?

Je n'ai plus supporté ma vie minable dans ma chambre de bonne minable. J'ai quitté Paris pour m'installer à Genève. Une de mes cousines vivait en Suisse, dans un joli studio confortable et douillet qui donnait sur le lac. Je voulais la même vie qu'elle. J'ai trouvé un appartement, et un travail pour payer mon loyer : hôtesse au sol, pour une grande compagnie...

J'ai repris pied. J'ai fait comme si tout allait mieux, même si je sentais bien, au fond de moi, que rien n'allait très bien. Je me suis installée à Genève, dans ma nouvelle peau d'hôtesse au sol. Je me suis inscrite dans une agence de théâtre, et en fac de droit par correspondance, pour continuer de croire que je ne renonçais pas à devenir la jeune femme brillante et cultivée que nous rêvions tous que je sois. Mon mémoire de maîtrise d'histoire de l'art, écrit presque entièrement, est resté en plan. Mes parents étaient consternés.

Il m'a fallu à peine quelques semaines pour prendre le rythme de croisière de la joyeuse vie du personnel au sol. J'avais vingt-deux ans, les joues roses et l'enthousiasme surjoué de la fille qui rêvait d'être comédienne et qui se retrouvait à enregistrer des passagers pressés et stressés – avec le sourire, ça fait partie de la prestation – en espérant, un jour, si elle récupérait un passeport suisse, pouvoir quitter la terre et leur servir des boissons en vol. Rude atterrissage... Au sol, deux clans s'affrontaient : les demoiselles du canton de Vaux, toujours tirées à quatre épingles, hôtesses parfaites et sages, bien polies, bien rangées. Et les autres, les délurées, les rigolotes pas chochottes, bonnes vivantes, bonnes joueuses, toujours partantes pour s'amuser un peu.

À l'époque, il n'était pas encore incongru de consommer de l'alcool sur son lieu de travail, ni en uniforme. Pour moi, ça commençait au sol à 10 heures du matin, à la cafétéria du boulot. Première pause-café, ou petit blanc pour les habitués. J'ai mis peu de temps à m'habituer : il y avait toujours un bonhomme, une bonne âme, pour m'offrir un verre et trinquer. J'ai souvent entendu mon père dire que « les gens qui ne boivent pas ne sont pas très sympathiques ».

À midi, cantine. Le vin est en carafe. Il coule à flots. Grandes tablées joyeuses à bord desquelles on décompresse entre collègues. L'aéronautique, c'est comme le cinéma : une grande famille où tout le monde est beau et heureux, où les voyages sont merveilleux et où la vie se décline de rire en rire, et en Technicolor.

À 4 heures, pause-goûter, une ou deux petites bières pour se donner du cœur à l'ouvrage et tenir jusqu'à l'apéro. Et à 6 heures, quartier libre ! On se retrouvait à Genève, dans un bar. Puis un autre, et un autre encore. C'était tous les jours mercredi soir, et même plus la peine de m'arrêter à temps pour pouvoir rentrer chez moi seule. Je ne payais jamais aucune de mes consommations, et je ne rentrais jamais chez moi seule. Il y avait toujours un galant homme pour ne pas laisser mourir de soif une mignonne petite hôtesse au sol, et pour la porter jusqu'à son lit. Je me laissais porter ; c'était bien la moindre des politesses. Il avait payé mes verres, et il m'avait ramenée, je pouvais bien faire ça pour lui. De toute façon, je ne savais pas qui c'était, et je ne sentais rien.

Le week-end, luxe suprême de l'hôtesse au sol : décollage gratuit pour une destination de son choix, et hôtels de luxe à moitié prix. Je bénéficiais, comme tous mes collègues, des avantages réservés aux salariés de la compagnie. J'avais rencontré de vraies amies, sans doute les premières et les seules de ma vie. Curieusement, c'est plutôt dans le clan des filles sages que je les ai trouvées. Ensemble, week-end après week-end, nous visitions l'Europe et la Méditerranée... J'écumais les musées. Je découvrais avec bonheur les tableaux étudiés dans les livres, quand j'étais à la fac. Et j'avais l'impression que l'alcool, qui coulait avec constance dans mes veines du matin au soir, augmentait ma capacité d'émerveillement. Comme si mon acuité en était renforcée. Comme si mon organisme, galvanisé par quelques degrés, décuplait chacune de mes sensations et me rendait capable de rejoindre sans effort le maître et son chef-d'œuvre. Pourquoi croyez-vous que l'on boit ? Parce que c'est bon. C'est fort, ça transcende la réalité, ça vous déplace, ça vous élève, ça vous améliore.

J'ai été persuadée pendant plus de vingt-cinq ans que ces sensations-là n'étaient possibles qu'avec l'alcool. Et je me suis trompée...

J'avais développé avec talent l'art de l'haleine fraîche et de la conversation lucide parfaitement maîtrisée. J'avais l'air d'une jeune fille normale. Pas trop laide, pas trop bête, pas trop coincée, qui « profitait de sa jeunesse » et « savait s'amuser », en attendant de se ranger dans une vie plus adulte, forcément plus sage et plus sobre. Et quand mes parents, inquiets, m'ont gentiment encouragée à aller parler de mon goût pour le whisky à notre médecin de famille, sa réponse nous a tous rassurés. « Maaaiiis noon, tu n'es pas alcoolique. Tu as juste tendance à ne pas toujours savoir t'arrêter. Rien de grave, je t'assure. Les alcooliques, je les connais, ils n'ont rien à voir avec toi. Un petit verre de temps en temps, ça n'a jamais fait de mal à personne... »

J'attendais que ma vie démarre enfin, et que quelque chose de grand, de beau, d'extraordinaire, vienne me sortir du lot et me propulser dans les étoiles. Tant pis pour la vie d'artiste. J'espérais au moins une existence voyageuse, étonnante, palpitante. C'est à ce moment-là que j'ai commencé à rêver d'être une hôtesse de l'air. Une vraie, qui vole et qui parcourt le monde...

Un jour, c'est arrivé. J'ai rencontré Walter, et tout a changé. Chef d'équipe ambitieux, pas très beau mais si charmant. Drôle, gentil, mignon, doux... et amoureux ! Tout est devenu joyeux et gai. Les week-ends, les soirées tendres, les projets. Les jours et les mois qui s'enchaînent tranquillement, et s'acheminent vers un avenir réjouissant. Jusqu'au soir où tout s'arrête, en quelques mots.

— Je t'aime...

— Moi aussi, je t'aime.

— Mais tu sais, mon ex a fini son stage au Canada. Elle rentre en Suisse la semaine prochaine. On va se marier.

Comme un séisme, et ma vie qui vole en éclats.

Toutes les personnes victimes d'une trahison amoureuse ne sombrent pas dans l'alcoolisme jusqu'à la fin de leur vie. Moi si. C'est comme si la blessure infligée par Walter avait ouvert en moi une brèche sans fond, démesurée. Elle m'a totalement détruite. Je n'existais plus. Je ne vivais plus. J'étais morte, plongée dans un désespoir abyssal. Je m'y suis engloutie.

C'est à ce moment-là que je me suis mise à acheter des bouteilles pour en avoir chez moi. Des litres et des litres, au supermarché. Whisky, gin et vodka, dont j'ai découvert très vite qu'elle présente l'immense avantage de n'avoir pas d'odeur, et de ne pas charger l'haleine des braves travailleurs. J'ai commencé à boire seule, chez moi. Et j'ai pris l'habitude de petit-déjeuner dans le bistrot du coin : un croissant et trois demis, pour bien commencer la journée. Je n'étais pas la seule. Chaque matin, une petite communauté anonyme et discrète se retrouvait au comptoir, en costumes bien coupés – le tailleur est rare, et la communauté essentiellement masculine –, pour attaquer la journée au petit blanc ou au gros rouge, sous l'œil blasé du patron. Il était particulièrement gentil avec moi. Prestige de l'uniforme, fantasme de la fonction…

Mon moteur, c'était la prochaine pause-bistrot. Mes escales, les repas, pour boire. « Faire semblant » que tout allait bien, mais ne jamais être à jeun, sans que personne s'en rende compte.

Cette période-là marque la descente d'un cran dans mon enfer. Non seulement j'avais de quoi boire à la maison, mais aussi dans mon sac, et dans les tiroirs de mon bureau. Plus possible de tenir sans rien entre le petit déjeuner et la pause de 10 heures ; ni entre la pause de 10 heures et celle de midi. J'ai commencé à trembler quand je n'avais pas ma dose. Ma résistance était étonnante ; je tenais bien la distance. C'est une des constantes de mon itinéraire d'alcoolique : la plupart du temps, je maîtrisais parfaitement ma consommation. Même si elle était invraisemblablement élevée, elle ne m'empêchait pas de faire mon travail et de donner le change. J'étais la reine du spray buccal, et du brossage de dents frénétique. Je n'empestais pas l'alcool, je ne cherchais pas mes mots, et mes gestes étaient précis, puisque je me débrouillais pour ne jamais être ni soûle ni en état de manque pendant les heures ouvrables.

C'est le soir que je lâchais prise. Puisque j'étais celle avec qui l'on couche plutôt que celle qu'on épouse, je m'appliquais à être à la hauteur de ma réputation. De verre en verre, j'entretenais le souvenir de la trahison de Walter, qui m'a obsédée pendant des années et des années. J'étais absolument incapable d'aimer qui que ce soit, ni même de me laisser aimer. Mais embarquer, oui. Tournée des bars, et valse des inconnus dans mon lit...

J'étais à la dérive. Personne ne pouvait me rattraper. Même pas maman, si merveilleuse. Quand je disais « je suis alcoolique », elle disait « non ». Il n'y a pas d'alcoolique, dans la famille. « Tu es déprimée, c'est à cause de ce Walter. Et tu supportes mal l'alcool. »

Tu te trompais, maman. L'alcool était la seule chose que je supportais. C'était tout le reste qui me rendait malade...

C'était un beau week-end. Mes parents étaient venus me rejoindre à Genève, pour faire avec moi un petit voyage en Méditerranée. Une des seules fiertés que je tirais de ma vie, c'était ça : à défaut d'une carrière brillante et ambitieuse, je pouvais leur offrir de temps en temps des séjours magnifiques dans des endroits où ils n'auraient, sans moi, sans doute jamais posé les pieds. L'unique contrainte était de contenir un peu mon goutte-à-goutte continuel, pour ne pas leur donner en spectacle le délitement de mon existence. « Faire semblant », encore et toujours...

Comme le veulent les vieilles traditions de l'aviation, le commandant de bord m'avait repérée sur la liste des passagers, où j'étais signalée comme « membre du personnel », et invitée dans son cockpit pour me saluer. Un bel homme brun et racé, moitié marocain, moitié français. Voix grave, regard ardent, verbe tranquille : il ressemblait à Michel Piccoli. Je suis allée me rasseoir à ma place, troublée et ravie qu'il ait proposé que nous nous retrouvions le soir même à l'hôtel pour « faire plus ample connaissance devant un verre » avant d'aller dîner.

— Je suis avec mes parents...

— Je serais enchanté de faire leur connaissance.

Ma mère aussi a été enchantée de découvrir Mikou : il avait les manières d'un prince oriental. Nous a fait les honneurs de Casablanca, m'a envoyé des fleurs à mon hôtel, et, en parfait gentleman, est venu nous présenter ses hommages en prenant soin de me soutirer mon numéro de téléphone avant de repartir pour sa prochaine destination. C'est ça, la vie des pilotes d'avion...

La semaine d'après, il m'appelait du Maroc : « Viens... » J'y suis allée évidemment. Et j'ai été reçue comme une princesse des *Mille et Une Nuits*. J'ai découvert sa maison familiale, un palais dont je n'aurais pas osé rêver. Couchers de soleil en buvant un verre sur la terrasse du toit, toute la ville à nos pieds. Et toute ma vie qui reprend vie, enfin, en quelques heures de bonheur : Mikou est un prince, et il m'a choisie. Plus rien ne sera pareil, jamais ! Je suis rentrée à Genève émerveillée, subjuguée, époustouflée qu'une chose aussi magique m'arrive, à moi. J'étais amoureuse. Amoureuse d'un rêve oriental ; d'un mirage...

Mikou buvait beaucoup. Ça tombait bien, moi aussi. Week-end après week-end, je découvrais son train de vie, fastueux et décadent : les fêtes sur la plage où le champagne coulait à flots. Les femmes en robe de soie, les hommes en luxueuse djellaba ou en costume de lin. Jeunesse dorée et jet-setters venus d'ailleurs ; des fils de roi, des filles d'ambassadeurs, quelques acteurs. Flambeaux et domestiques, buffet débordant de délices, orchestre oriental, fous rires, danse pieds nus sur le sable. Cocaïne, whisky, haschich, gin, vodka... Il m'a fallu quelques allers-retours entre Genève et Casablanca pour découvrir l'autre Mikou. Celui de la nuit et de l'alcool. De l'impuissance, de la domination et de l'humiliation. Des corps de femmes transformés en objets.

J'étais piégée. Prisonnière de mon si grand désir que la vie tourne autrement pour moi ; dressée à laisser les hommes qui m'invitent disposer de mon corps, presque par politesse, comme si c'était la moindre des choses ; terrifiée à l'idée d'avouer à mes amies et à ma mère – que dirait ma mère ? – que le rêve oriental avait viré au cauchemar. Et surtout, anéantie par la réalité : personne ne pouvait m'aimer.

Alors, j'ai menti. À moi, et aux autres. Chaque fois que je quittais Casablanca, j'étais certaine que c'était pour la dernière fois.

Mais j'y retournais. Encore et encore. J'ai arpenté les bas-fonds de Mikou, dont je préfère ne pas me souvenir. Supporté ses coups, ses menaces, sa sauvagerie. Un jour, j'ai senti qu'il allait me tuer, bientôt. Je suis partie une dernière fois, en sachant que je ne reviendrais plus.

J'ai repris ma vie absurde et vide. Hôtesse au sol. Réveil, gin, douche, bières, croissant. Une flasque dans mon sac, une autre dans mon tiroir pour tenir jusqu'à la pause de 10 heures. Et la journée qui s'imbibe jusqu'au soir, avec application. Bars, inconnu, retour chez moi, hâte qu'il s'en aille pour pouvoir dormir…

Quelques semaines après mon dernier voyage au Maroc, j'ai appris que Mikou s'était marié. Et que c'était prévu depuis des mois. Je suis allée me réfugier à Lyon, en me disant que ma mère allait en mourir de chagrin. Si elle voulait encore de moi.

J'ai dit : « J'ai un problème d'alcool. » Et j'ai raconté Mikou. Les coups, l'humiliation. Le chagrin. Le vide.

Elle a beaucoup pleuré, et puis elle a appelé le médecin de famille. Le verdict est tombé : sevrage à froid. Pas une goutte d'alcool, et rien pour aider. Boire de l'eau, manger, dormir, tenir. Il a prévenu que ça serait dur, mais que « ça allait passer ».

Ça n'est pas passé. Un jour, deux jours. C'est indescriptible, un sevrage. Horrible et indescriptible. Douleurs partout, crampes, suées, tremblements. Enfermée dans mon lit, sans bouger, sans parler, sans penser. Sans voir la lumière, sans savoir si on est le jour ou la nuit. Et l'angoisse terrible de rester coincée là, dans l'horreur, à jamais.

Et puis, à un moment, au bout du troisième jour, c'est moins dur. Ça devient supportable. On reprend pied dans l'existence. Une douche, une tartine, un tour dans le jardin. Des vêtements propres qui sentent bon. Épuisée mais vivante. Et on peut recommencer à penser.

J'ai pensé. À ma vie, à mon avenir. Et j'ai décidé d'arrêter de boire pour changer d'existence. De devenir une vraie hôtesse de l'air, en l'air. Voler, voyager, voir le monde. Avoir des projets, rencontrer de nouveaux amis. J'avais vingt-neuf ans, et toute une vie devant moi à remplir autrement qu'avec des projets ridicules de mariage avec un pauvre Walter ou un cinglé de Mikou.

Finalement, j'ai choisi de tenter ma chance dans une grande compagnie aérienne. Mon programme était simple : maigrir et atteindre le poids exigé pour être acceptée comme hôtesse de l'air. Bûcher cet examen, le réussir, intégrer l'équipe du personnel navigant, viser les long-courriers. Quitter Genève et tous ses mauvais souvenirs pour Francfort. Et reprendre le cours de ma vie sans me laisser déborder, cette fois-ci.

Que les choses soient claires : il n'était pas question pour moi d'arrêter de boire définitivement. Je faisais juste une pause, le temps de tout mettre en place. C'était la seule chose réussie de ma vie, l'ivresse. Je ne voyais pas du tout pourquoi je m'en serais privée.

Une fois le sevrage effectué, tout est allé bien. Il ne faut que quelques jours au corps pour qu'il ne réclame plus. C'est la tête, qui hurle, pendant des semaines et parfois pendant des années... J'ai quitté la maison de mes parents pour rentrer à

Genève. J'ai repris mon train-train sans intérêt d'hôtesse au sol ; la même vie que pendant les cinq ans et demi d'avant, mais sans une goutte d'alcool. Tout était terne et gris, sauf mon avenir : chaque matin, le pèse-personne me disait que j'étais sur le bon chemin. Ça me permettait de tenir la journée, en pensant à ma belle vie d'après.

La veille de mes trente ans, date limite d'admission à la formation d'hôtesse de l'air, j'ai appris que j'étais officiellement choisie pour intégrer la nouvelle promotion. J'ai fêté ça dignement, à la bière et au petit blanc. Après ces longues semaines d'abstinence, ma vie s'est remise à swinguer, instantanément !

Pas longtemps : en fait, il était un peu tôt pour fêter quoi que ce soit. Il ne suffisait pas d'avoir passé la sélection d'entrée : encore fallait-il ne pas être recalée au terme de la formation. Je suis allée m'installer à Francfort, avec la ferme intention d'être la meilleure élève de ma promotion, malgré mes dix ans de plus que tout le monde, et le monstrueux secret que j'avais à cacher. La vodka, inodore, m'aidait à supporter l'énorme pression qui pesait sur moi. Je partageais un appartement avec une autre élève. Elle n'a jamais repéré mon manège. Je n'osais pas acheter les bouteilles au supermarché, en grande quantité. Je ne pouvais pas me permettre de prendre le risque de passer pour la soûlarde que j'étais pourtant. Alors, je me fournissais de kiosque en kiosque, l'air de rien : en Allemagne, on y vend des flasques, qui ressemblent un peu à celles qu'on trouve en France, destinées aux alcools de cuisine. Plus question d'aller dans les bars chercher un ivrogne bienveillant qui m'offrirait sa tournée avant de me ramener chez moi ; le moindre faux pas me coûterait ma place, et mon avenir. Le soir, je m'enfermais dans ma chambre pour apprendre la multitude de choses que nous devions mémoriser, et pour barboter tranquillement dans ma bulle alcoolisée. Je ne sais pas comment la vodka ne m'a pas empêchée d'ingurgiter tout ce que j'avais à savoir.

Sur dix-sept postulantes que nous étions, cinq ont été recalées à l'issue de ces trois mois de formation. Mais pas moi. Quand j'ai appelé ma mère pour lui annoncer la bonne nouvelle, elle n'a entendu qu'une chose :

— Mais tu as bu ?

— Non, maman, je t'assure, tout va bien !

Elle a voulu le croire, peut-être, mais dans le fond elle savait : même au téléphone, à des milliers de kilomètres, elle était capable de détecter le moindre gramme d'alcool qui traînait dans mes veines...

J'ai dû me sevrer à nouveau : une fois sortie du stage de formation, j'attaquais les trois mois de probation, où j'allais voler sur court et moyen-courriers, avant d'être définitivement admise au sein du personnel navigant et de pouvoir, encore trois mois plus tard, accéder aux long-courriers. C'est pour ça que j'avais choisi cette compagnie : c'était la seule qui ne faisait pas patienter deux ans ses nouvelles recrues avant de les envoyer à l'autre bout du monde.

J'ai arrêté de boire, et j'ai découvert de l'intérieur la vie des équipages. Le service des passagers, beaucoup plus agréables en l'air que lorsqu'ils sont au sol, pris par le stress de leur départ. Et puis le travail d'équipe, si particulier à l'aviation : à chaque rotation, un nouvel équipage d'inconnus, organisé selon une hiérarchie très stricte, et composé de gens si bien formés que chacun sait parfaitement ce qu'il a à faire, et qu'on a l'impression de travailler ensemble depuis des années. C'était agréable, fluide et léger. J'ai découvert l'Allemagne, d'escale en escale : Hambourg, Munich, Düsseldorf, Berlin... J'écumais les musées, je visitais les villes comme une touriste enthousiaste. Le soir, au bar, je sirotais des sodas et des cocktails sans alcool avec mes nouveaux collègues, qui m'avaient prise sous leur aile. J'étais un peu la mascotte : la petite dernière arrivée, si mignonne avec son accent français et sage au point de ne boire que du jus de fruits. Ils se moquaient gentiment de moi, avec une tendresse non feinte pour la jeune fille fraîche et un peu réservée que je leur donnais à voir. C'était délicieux. J'essayais de faire taire en moi l'envie de leur montrer quelle jeune femme spirituelle et délurée je pouvais être aussi, après quelques whiskies. J'étais sûre qu'ils auraient été épatés et conquis…

J'ai un peu de mal à l'admettre – je me suis tellement accrochée à l'idée que, pendant toutes ces années, la vie ne m'a intéressée que lorsque l'alcool lui donnait des couleurs et du relief –, mais, quand je repense à cette période, c'est net : j'étais heureuse. J'avais l'impression d'être à l'orée de quelque chose de nouveau, et de bon pour moi. On me trouvait jolie et charmante ; moi aussi. Je me disais que finalement, j'allais peut-être réussir, comme les filles de mon âge, à construire quelque chose : un couple, une famille. Un possible…

Ma mère, au téléphone, commençait à y croire aussi.

Le soir du dernier jour de mon troisième mois de probation, j'étais en rotation dans je ne sais plus quelle ville d'Allemagne. Je ne risquais plus rien : je faisais désormais partie du personnel régulier de la compagnie ! Encore trois mois de sauts de puce, et à moi les long-courriers ! J'ai fêté ça avec je ne sais plus quel équipage. Au whisky, évidemment. Même pas parce que j'en avais une envie irrépressible, et que je piaffais d'impatience depuis trois mois. Non. Juste pour faire ce qu'on attendait de moi, et leur montrer que la « petite Française » était capable, aussi, de temps en temps, de trinquer comme les grands. Personne ne m'a forcée, personne ne m'a retenue. À l'époque, dans toutes les compagnies aériennes, l'alcool coulait de source. C'était un mode de vie. Je m'y suis parfaitement adaptée, en un temps record…

J'ai découvert les long-courriers. J'ai compris très vite que le meilleur moyen d'être à l'abri, et en particulier de ne jamais souffrir d'un mouvement d'humeur ou d'un conflit quelconque avec mes collègues ou le *purser*, mon responsable hiérarchique direct, c'était d'avoir un puissant protecteur. Dans un avion, le commandant est seul maître à bord. Ça tombait bien : il était généralement doté d'une maturité toujours très séduisante à mes yeux, et le plus souvent assez sensible à la charmante pointe d'accent français de la petite hôtesse de l'air. En quelques semaines à peine, ma vie s'est organisée sur un schéma que j'ai répété inlassablement, pendant presque toute la durée de ma carrière : premier apéro, approche du commandant ; flirt au premier dîner, et dans son lit dès la deuxième ou la troisième nuit. Je me sentais en sécurité, sous la protection du patron. Et je pouvais m'adonner tranquillement à mes débordements – qui, généralement, l'amusaient plutôt : c'est excitant et tentant, une jeune femme sans inhibitions qui se jette à votre cou – sans risquer la moindre anicroche ni le moindre sous-entendu de la part de l'équipage.

Dans n'importe quelle entreprise ordinaire, ma réputation de coucheuse et d'ivrogne aurait été établie en quelques semaines. Mais, dans une compagnie de vingt mille navigants, où l'on ne voyage presque jamais deux fois avec les mêmes personnes, j'ai pu passer inaperçue pendant plus de dix ans !

Je buvais, du matin au soir. Dès que j'arrivais à l'escale, je cherchais un supermarché pour faire discrètement le plein d'alcool et de bières, que je stockais dans le minibar de ma chambre. Et, avant de partir, j'évacuais tout aussi discrètement les cadavres moi-même, dans une poubelle proche de l'hôtel, de manière à ce qu'aucune trace de tout ça ne puisse parvenir jusqu'à mon employeur. Je savais maîtriser les preuves de mon alcoolisme, mais aussi mon ivresse ; arrêter au bon moment, quelques heures avant le départ, pour pouvoir embarquer dans un état acceptable, et assurer mon service de manière irréprochable. J'étais une bonne hôtesse de l'air, souriante, joyeuse et attentive. Les passagers m'appréciaient, mes collègues aussi. « Faire semblant » était devenu une seconde nature. Nul ne pouvait encore imaginer quelle femme déjà totalement ravagée se dissimulait derrière la parfaite professionnelle dont je donnais l'image.

Les premiers mois, j'ai respecté les règles avec application : pas un verre depuis la veille du départ, et pas une goutte d'alcool en vol. Mais, très vite, ça m'a semblé trop long. Je n'étais jamais soûle au moment d'embarquer, mais j'étais rarement à jeun, sans que personne puisse le déceler. Parfumée, maquillée, tirée à quatre épingles et l'haleine insoupçonnable ; le sourire frais, le geste juste et les réflexes parfaitement professionnels. Irréprochable ! S'il m'arrivait de trembler un peu pendant mon service, j'allais régler le problème à la vodka, dans les toilettes. En faisant bien attention de ne pas me faire prendre.

J'ai commencé, parfois, à connaître de légères crises de manque en vol. Personne ne s'en est inquiété, ni n'a semblé comprendre de quoi il s'agissait. Chez les navigants, les petits malaises étaient fréquents, et facilement explicables. La solidarité confraternelle les escamotait discrètement sans qu'il en soit jamais fait mention. Tout est prévu dans un avion : la moitié du personnel peut tomber malade sans que le vol en soit perturbé. J'allais me reposer un moment, le temps de reprendre mes esprits et quelques gorgées clandestines qui me remettaient sur pied, et me permettaient de tenir bon et de « faire semblant » jusqu'à la prochaine escale...

Quand j'atterrissais à Francfort, je sautais dans un avion pour Lyon, le sac rempli de bouteilles, et j'allais récupérer chez mes parents. Je n'habitais plus nulle part ; à quoi bon ? Et pour quoi faire ? J'étais sans cesse en partance, et personne ne m'attendait où que ce soit... Après quinze jours ou trois semaines de vie de groupe à l'autre bout du monde, je me retrouvais enfin seule, et c'était comme si j'enlevais la soupape pour laisser s'échapper la pression : il suffisait alors d'une dernière bouteille pour me faire basculer de l'autre côté, là où on perd ses affaires, on titube, on ne parvient plus à articuler, ni à se lever de son siège ; là où plus rien ne donne le change, où on ressemble enfin à l'ivrogne absolue que l'on est devenue…

Plusieurs fois, c'est en civière qu'on m'a descendue de l'avion, à Lyon-Satolas. Je n'étais plus consciente. Mes parents venaient me récupérer au service médical de l'aéroport en ravalant leur honte. Ils ont appris à fouiller mes bagages pour y chercher mes munitions et me les confisquer. À verrouiller les placards contenant les bouteilles. À rationner mes doses en m'autorisant juste quelques verres, aux heures des repas. Je hurlais, je suppliais, je négociais. Ils cédaient. Comment faire autrement ? Tous ceux qui ont partagé la vie d'un alcoolique sont passés par toutes ces phases : rationnement, imprécations, supplications, refus, interdiction, négociation, abandon. Désespoir…

Deux jours avant de repartir pour ma prochaine rotation, je réduisais mes doses, progressivement, jusqu'à pouvoir de nouveau tenir debout, être présentable et faire mon boulot.

Mon père et ma mère étaient totalement désarmés. Ils ne disaient pas « tu bois trop », mais « tu bois trop vite ». Je ne répondais même plus. Rien ne m'importait, à part abreuver mon voyage intérieur pour qu'il se prolonge à l'infini, sans jamais laisser apparaître le vide de plus en plus béant qu'était devenue ma vie.

Je voyais arriver les vacances avec inquiétude : quoi faire, et avec qui ? Pas d'amis, pas d'amant, pas d'amour... En désespoir de cause, puisqu'il fallait bien partir, j'ai décidé de m'offrir un voyage en Toscane. Seule.

J'ai dû commencer à boire pendant le vol qui m'emmenait à Florence : passagère sur une autre compagnie que la mienne, je me suis laissée aller avec la délicieuse impression de ne plus rien risquer du tout. Enfin, relâcher l'attention. Ne pas se cacher. Cesser de faire semblant... Une fois arrivée, j'ai avalé des Campari, beaucoup de Campari. Autant de Campari que je buvais de vodka, d'habitude. Et puis j'ai pris le train. Je ne me souviens plus du tout ni d'où ni pour où. Seulement de l'angoisse qui s'est mise à monter, monter, monter jusqu'à me faire perdre la raison. Je suis descendue avant d'atteindre ma destination, que j'avais oubliée, tellement j'étais terrifiée. Absolument paniquée, incapable de savoir où j'étais ni comment faire pour rentrer chez moi. J'ai réussi à me procurer les horaires de train, mais je n'arrivais pas à les comprendre. J'étais perdue, abandonnée au milieu de nulle part, totalement désorientée. J'ai trouvé un hôtel, un peu minable. Rien à voir avec les quatre étoiles de mes si belles escales professionnelles.

Ça ne m'a pas calmée. Enfermée dans ma chambre, affreusement angoissée, j'avais l'impression d'être en train de mourir de peur. J'ai demandé qu'on appelle un médecin. Je me souviens très vaguement d'un grand brun. Je ne comprenais rien à l'italien, il ne comprenait rien au français, ni à l'anglais ni à l'allemand. Il m'a auscultée, un peu. Il m'a fait une piqûre, dont j'ai senti presque immédiatement l'effet bienfaisant, comme si tout ralentissait à l'intérieur de moi. La peur n'est pas partie, mais elle a baissé d'un ton.

C'est à ce moment-là que le médecin, lui, a baissé son pantalon. Il m'a violée comme on viole une fille comme moi : avec mon consentement, ou du moins sans que je songe même à protester. Comme tous ces ivrognes qui m'avaient raccompagnée chez moi, pendant des mois, et qui se servaient avant de me laisser. Il était médecin, mais je n'étais rien ; rien de respectable en tout cas ; rien de soignable non plus. Un corps perdu, une âme à la dérive.

Et puis il est parti.

Je ne me souviens même plus comment j'ai réussi à rentrer à Lyon.

Quelqu'un a prévenu mon employeur. J'ai été convoquée à Francfort, au retour de mes vacances en Toscane, pour un entretien d'explication.

Deuxième sevrage à froid, chez mes parents, recroquevillée comme un fœtus dans ma chambre de jeune fille. Mal à hurler. Dévastée par le manque et le vertige absolu du néant qu'est ma vie. Brûlée de l'intérieur, mon existence écorchée vive, où rien n'est supportable. Et toujours aucun mot pour dire l'indicible. J'ai trente-deux ans et je n'existe plus. Il n'y a que la souffrance, et le vide. Rien n'a de sens. Sauf, peut-être, reprendre pied pour sauver mon boulot. Faire bonne figure à cet entretien ; donner le change. Dire que c'était un accident qui ne se reproduira plus. Avoir l'air tranquille et déterminé.

Ma chef m'attendait dans son bureau. Sévère et froide, comme je l'avais toujours connue. Uniforme impeccable. Regard perçant.

— Il semble que quelque chose n'aille pas, chez vous, mademoiselle.

Je me suis tue. Je ne savais pas exactement les informations dont elle disposait ; le mieux était de la laisser avancer et se découvrir.

— Ça fait plusieurs fois qu'on me parle de malaises que vous auriez eus...

— Oui, j'ai été un petit peu fatiguée ces temps-ci.

— Mais vous avez consulté ?

— Non. Oui... Enfin, ça va mieux... Ça ne se reproduira plus.

— Vous savez qu'il existe des associations, pour les gens qui ont des problèmes ?

— Je...

— Voici l'adresse. Vous allez y aller. Il faut que vous y alliez, vous verrez, c'est ce qu'il vous faut.

Aucune menace, aucune injonction, aucune pression. Et surtout, à aucun moment, le mot maudit n'a été prononcé. Elle m'a tendu la carte de la section des Alcooliques Anonymes de la compagnie. Il y avait un téléphone, et l'adresse d'un grand hôtel de Francfort où se tiennent des réunions à dates fixes, plusieurs fois par semaine. J'ai remercié avec enthousiasme et reconnaissance, comme si je découvrais enfin la solution à tous mes problèmes. Ça a semblé lui convenir parfaitement.

J'y suis allée, à la réunion du grand hôtel. Une fois. Du jus d'orange, des gâteaux secs et des confidences qui ne m'intéressaient pas, ne me concernaient pas. Ce sont les crétins qui parlent d'eux. C'est vulgaire de raconter sa vie, surtout quand elle est médiocre et sans intérêt. Je n'avais rien à dire, tout allait bien. À part la vie, qui m'ennuyait. Et qui était tout de même bien plus jolie quand elle barbotait dans le whisky...

Mon objectif, c'était de pouvoir choisir quand j'étais à jeun ou quand je ne l'étais pas. À jeun quand j'embarquais, et pendant les vols. Et dans mon flou alcoolisé pendant les escales. À jeun quand je rentrais à Lyon, pour conforter mes parents. Et dans mon flou alcoolisé le reste du temps, pour tamiser l'ennui. Une sorte d'oscillation douce qui ne dérangerait personne et rendrait possible la vie telle que je la rêvais. Mais ça n'a pas marché, évidemment. J'ai très vite repris mon rythme infernal ; il s'est accéléré, même. Forcément. Tous les alcooliques suivent le même chemin, vers l'accélération inéluctable. L'augmentation des doses, de plus en plus massives. La soif inextinguible, implacable, dévastatrice. Comme un bulldozer qu'on n'arrête pas.

Quelques mois plus tard, ma grand-mère est morte. Ma grand-mère, que j'aimais tant, et qui ne bougeait plus. C'était minable que la vie finisse comme ça. Atroce et absurde, ridicule, terrifiant.

Je crois qu'il m'est arrivé souvent, dans mes vapeurs d'alcool, de poser cette question à ceux qui avaient le malheur de se trouver sur mon chemin à ce moment-là. « Vous ne trouvez pas que c'est atroce, de devoir mourir un jour ? » J'avais besoin d'entendre que même si la vie était dure, la mort, elle, n'était pas grave. Et que ça ne faisait pas mal, et que ça n'était pas la peine d'avoir peur.

J'aurais tellement aimé que quelqu'un d'autre que ma bouteille me dise que ça n'était pas la peine d'avoir peur...

Francfort, Singapour, Jakarta, Singapour, Francfort. Cette fois-ci, le commandant s'appelait Hartmut. Et le matin, au réveil, au lieu de filer sous la douche comme faisaient tous les autres en m'invitant à regagner ma chambre d'un « on se retrouve plus tard et on voit ce qu'on fait ? », ce qui me permettait de retrouver les bières du petit déjeuner qui m'attendaient dans le minibar, il m'a prise dans ses bras et il a commencé à me parler de lui. Mais vraiment, intimement, comme si je n'étais pas la énième petite hôtesse bien mignonne bien pratique qu'on saute avec attention mais dont on ne se souviendra plus dès la prochaine rotation.

Il m'a déballé sa vie à mi-voix. Son divorce, sa solitude, son petit garçon qui lui manquait beaucoup. Comme s'il me faisait une confiance absolue. À moi ! Ça m'a subjuguée. Je me suis engouffrée immédiatement dans la porte entrouverte, et dans la nouvelle histoire d'amour qui me tendait les bras.

Petit à petit, notre couple a pris forme. Nous avons demandé à travailler ensemble. Il habitait un joli appartement à Wiesbaden, où je faisais de plus en plus souvent escale entre deux rotations, au lieu de rentrer à Lyon. Il m'a présenté son fils, que j'ai trouvé adorable et fondant ; je lui ai présenté mes parents. Hartmut buvait trop, mais quand même moins que moi. Et surtout, comme la plupart de ses confrères pilotes, il maîtrisait beaucoup mieux ses abstinences : pas question, pour lui, de prendre les commandes alcoolisé. Il savait donc toujours s'arrêter à temps pour être lucide et ne pas trembler au moment de monter dans l'appareil, et durant toute la durée des vols. J'ai essayé de lui emboîter le pas. J'y suis parvenue, à peu près. Il faut dire que j'étais extrêmement motivée : j'avais bientôt trente-quatre ans, dix ans de chagrins d'amour derrière moi, et un avenir qui semblait enfin vouloir prendre tournure et me sortir de la solitude sordide et stérile à laquelle je pensais être condamnée. J'aimais Hartmut, donc, avec un enthousiasme à la mesure de mes ambitions.

Ça devait faire à peu près sept mois que nous filions le parfait amour. À la fin d'une rotation que nous n'avions pas effectuée ensemble – les plannings ne sont pas toujours en parfaite harmonie avec la vie amoureuse des personnels navigants –, je me suis étonnée de ne pas le trouver à Wiesbaden, où il aurait dû m'attendre. Ses plans de vol avaient sans doute été changés... Le téléphone portable n'existait pas encore ; je lui ai laissé un mot sur le meuble de l'entrée avant d'aller prendre mon avion pour passer quelques jours de repos à Lyon, comme prévu. C'est là-bas qu'il a fini par m'appeler.

— Ça va, Hartmut ? Je t'ai cherché partout, mais je ne t'ai pas trouvé.

— Je suis avec mon fils, et sa mère.

J'ai entendu dans sa voix que quelque chose n'allait pas. Il avait l'air inquiet. Le petit garçon devait avoir un problème.

— Ton fils va bien ? Il lui est arrivé quelque chose ?

— Non, non, rien de grave, au contraire... Mais j'ai un truc très important à t'annoncer.

En une seconde, la panique m'a envahie de la tête aux pieds. J'avais chaud, j'avais froid, je me suis mise à trembler. Quand l'ouragan s'est abattu sur moi, j'étais déjà foudroyée...

— Nous avons beaucoup discuté, sa mère et moi, et nous avons décidé de nous donner une deuxième chance. Ils reviennent vivre à la maison, avec moi...

Voilà. Ça recommençait. Celle qu'on baise, pas celle qu'on épouse. Hartmut rouvrait mes plaies en un seul coup de téléphone. Il me jetait, comme les autres. Il avait choisi sa femme. Ils choisissaient tous leur femme. Jamais moi. Jamais.

C'est à ce moment précis de ma vie que j'ai basculé. J'étais gravement alcoolique, je suis devenue furieusement alcoolique. En plus de ma consommation qui m'a complètement échappé, j'ai commencé à ne plus maîtriser du tout mes actes.

L'abandon d'Hartmut m'a plongée dans la folie. J'ai appelé la compagnie pour demander des vacances, et je suis partie à sa poursuite. J'ai dormi sur son paillasson, tambouriné à sa porte, assailli son répondeur. En déployant des ruses de Sioux, j'ai fini par obtenir ses plans de vol. Et je l'ai poursuivi tout autour de la Terre, pendant plusieurs semaines. Je prenais les avions qu'il pilotait, je descendais dans les hôtels où il logeait à l'autre bout du monde, pendant les escales. Et je hurlais dans les couloirs : « Hartmut, je vais me tuer et ça sera ta faute ! » Je déboulais dans les salles d'embarquement, en sanglotant : « Hartmut, reviens-moi ! » devant son équipage qui détournait les yeux avec gêne. J'interrompais ses repas au restaurant, en prenant les convives à témoin : « Je suis enceinte, il ne peut pas me laisser... » Plusieurs fois, j'ai été évacuée par le service d'ordre, devant une petite foule éberluée...

Je n'ai pas désarmé, ni dessoûlé, pendant plus d'un mois.

J'étais en train de m'engloutir dans un délire dont je ne voyais pas l'issue. J'étais en train de plonger.

Cette année-là sortait sur les écrans de cinéma un film dans lequel Isabelle Adjani joue le rôle désespéré de Camille Claudel. Je l'ai regardée avec fascination se noyer dans son amour pour Rodin ; hurler son nom sous ses fenêtres, et dans les rues de Paris, avant de finir internée dans un asile d'aliénés. J'ai réalisé à quel point je ressemblais à cette femme-là. Je me suis vue, moi, devenir folle comme elle. Ça m'a terrorisée. J'ai décidé d'arrêter de boire, le temps de laisser s'éloigner la folie.

Sevrage à froid chez mes parents. On ne prend jamais l'habitude d'un sevrage : c'est chaque fois de plus en plus terrible, et de plus en plus long. Quatre jours, peut-être cinq, emportée par un tremblement monstrueux et incessant. Incapable de prononcer un mot, d'avaler quoi que ce soit, de supporter une lumière, un mouvement, un son. Même respirer est une douleur. Prisonnière volontaire de mon propre lit où je délire et sue en claquant des dents, je vois défiler mes abominables démons, sur lesquels je ne peux mettre aucun mot, aujourd'hui encore. Mon corps n'est plus qu'une déchirure béante ; ma vie, un cauchemar sans fin. Tout en moi a mal, et personne ne peut me soulager. Comme toujours, c'est seule que je dois traverser.

J'ai traversé. Au bout d'une semaine, mon corps s'est calmé. J'ai arrêté de trembler, d'avoir mal ; mon organisme était désintoxiqué. En ce qui concerne mon âme, mon esprit, enfin cette chose impalpable qui me donne tellement de fil à retordre, et que l'angoisse dévaste parfois au point de me porter au bord de la folie, j'ai préféré ne pas m'interroger. Personne ne s'est interrogé, d'ailleurs. Ces questions-là sont vulgaires et déplacées. Tout le monde préférait penser et dire que mon problème était physiologique : chimiquement, mon organisme ne supportait plus l'alcool. Il suffisait que je fasse preuve d'« un peu de volonté » et de « force de caractère », comme disait ma mère, pour pouvoir repartir dans la vie comme si de rien n'était. À une seule condition : ne jamais remettre dans la machine le moindre petit degré, sous peine de la voir s'emballer à nouveau immédiatement.

Je m'y suis tenue. Tokyo, Anchorage, Bangkok, Hong-Kong ; Singapour, Jakarta ; Atlanta, Seattle, Dallas, Miami, Washington, San Francisco, Los Angeles ; Caracas, Bogotá, Lima, Quito, Miami... J'ai bu du Perrier pendant les débriefings. Sevrée d'alcool, sevrée de tout : finies, les histoires avec les commandants de bord à chaque rotation, puisque je n'avais plus besoin de leur protection, et que je n'avais plus l'alcool pour oser. Ma vie sexuelle est devenue un grand désert vide. Et, comme j'avais aussi décidé de maigrir, j'ai évité les sucreries et les bonnes choses qui font du bien ; j'étais privée de toute gourmandise. Restaient les musées. Je les ai sillonnés, calepin à la main. Je regardais, j'apprenais, je décryptais. Je prenais des notes. Je m'enivrais de culture et d'art, puisqu'il ne me restait que ça. Un cerveau à remplir de savoir, sans émotion, sans drame, sans rien.

Je n'avais toujours pas d'amis. Ni d'appartement – pour quoi faire ? À la fin de chaque voyage, je repartais à Lyon récupérer du *jet-lag* chez mes parents, soulagés de constater que leur petite fille allait enfin mieux depuis qu'elle ne buvait plus. Nous nous engueulions comme avant sur des questions de politique ou de littérature. Régulièrement, mon frère venait ajouter son grain de sel et un peu d'huile sur notre brasier familial. Nous parlions de tout, sauf de ce qui est important, gênant ou effrayant. Nous parlions de tout sans jamais nous parler de nous...

Je ne buvais plus, maman, mais je n'allais pas mieux du tout. Ça semblait vous suffire, à tous. Ma vie était terne et vide, morne. Sobre. Mais qu'y pouviez-vous ? J'avais beau la passer à des kilomètres d'altitude, et dans les plus belles villes du monde, rien ne la remplissait comme l'alcool l'avait remplie. Je ne le disais pas, mais je savais qu'un jour, je reboirais. Ne serait-ce que pour ne pas mourir d'ennui...

Il y a des exceptions merveilleuses, parfois. La rotation en Amérique du Sud, de Caracas à Miami, nous emmenait presque trois semaines dans des escales sublimes. Ça faisait un an que je n'avais pas touché une goutte d'alcool. J'ai invité mes parents à m'accompagner, pour qu'ils découvrent ce monde-là.

Le commandant s'appelait Harald, la cinquantaine un peu sévère, autorité ferme et distante, à l'ancienne. Tout ce que j'aime. Ça n'était pas prévu évidemment. Depuis plus d'un an, je voyageais sans alcool et sans amant, mais il m'a plu, immédiatement. Visiblement, c'était réciproque : nous voilà foudroyés tous les deux, dès le premier débriefing, dans sa chambre, à Caracas. Comme aimantés. Irrésistible. Délice de sentir qu'il se passait enfin de nouveau quelque chose d'imprévu que je ne maîtrisais pas et qui bouleversait ma routine de luxe. Bonheur d'avoir enfin envie d'autre chose. Cet homme m'a touchée, troublée, réveillée. Et miraculeusement, il a été troublé aussi, mais très embarrassé de la présence de mes parents. J'ai balayé ses scrupules. Nous sommes tombés amoureux, sous leurs yeux. Deux semaines de lune de miel sans nuages, douces, joyeuses, légères. J'ai découvert cet homme délicat et tourmenté, tendre, cultivé. Je l'ai savouré comme un cadeau précieux, tout en sachant très bien que la fête ne pourrait pas durer. Harald était marié, et il a toujours été clair sur ce point : c'est un homme de principes, il était bien décidé à le rester.

Dernière escale près de Caracas, dans un somptueux hôtel perdu dans la campagne. Mes parents sont allés passer la soirée en ville, pour nous laisser tranquilles. Pour notre dernière nuit, j'ai voulu offrir à mon bel amant quelque chose d'épatant qui me rendrait inoubliable à ses yeux. J'ai voulu l'émerveiller. Je suis descendue au village chercher de quoi briller jusqu'au petit matin. J'allais boire pour Harald, puisque c'est ce que je faisais de mieux, et il allait découvrir une amante comme il n'aurait jamais osé en rêver.

Je n'ai trouvé qu'un tord-boyaux si fort qu'il aurait désinfecté des égouts. C'était ça ou rien. Pas le choix, j'ai pris ça. Je suis remontée dans ma chambre pour me préparer. Première gorgée infecte ; une lame de feu, imbuvable. J'ai mélangé avec du Coca ; je me suis forcée ; j'ai bu. Bien-être, douceur, fureur. Le mélange était si puissant qu'il m'a propulsée en quelques instants bien au-delà de mon objectif. Une sorcière hystérique, hurlante, dévastatrice, en pleine crise de démence. Je ne sais même pas ce que j'ai fait, ce que j'ai dit, ni ce qui s'est passé. Et je ne veux pas imaginer quelle image de moi j'ai pu donner à cet homme que j'aimais tant. Au milieu de la nuit, désemparé, il a dû appeler mes parents pour leur demander de venir me chercher.

Je ne me souviens de rien. Je n'étais même pas en état de voyager. L'avion de Harald est reparti sans nous.

Arrêt maladie. Retour à Lyon deux jours plus tard. Un autre sevrage, contre mon gré cette fois-ci. Enfermée dans ma chambre, toutes bouteilles bouclées à double tour, et aucun moyen d'en trouver dehors : la maison est à l'orée d'un village, à mille lieues de la première épicerie. Le désespoir de mes parents. Ma mère qui n'arrêtait pas de répéter : « Mais tu étais heureuse, pourtant. Je ne comprends pas, je ne comprends pas... »

Moi non plus, je ne comprenais pas, maman. Toutes ces femmes de mon âge épanouies, aimées, comblées, et moi qui n'avais rien, qui n'étais rien, qui ne pouvais rien. Une pauvre serveuse de luxe à la vie totalement vide, condamnée à « faire semblant » jusqu'à la fin de ses jours. Harald comme une parenthèse enchantée, échappée à mon « rien » habituel.

Reprendre le cours de ma vie me semblait totalement hors de portée. Après ce long arrêt maladie, j'allais sûrement être reconvoquée par ma chef, pour une explication plus approfondie. Cette fois-ci, je n'y couperais pas. Fichée comme alcoolo, j'étais grillée. Ils ne me vireraient pas, parce qu'on ne vire pas les malades, mais ils ne me laisseraient plus voler. Retour au sol. Ma vie foutue...

Ma chef était partie. Son remplaçant, que j'ai découvert derrière son bureau, avait l'air très gentil et pas du tout au courant de quoi que ce soit à mon sujet. Il m'a souri en jetant un vague coup d'œil à mon dossier, qui semblait très vide.

— Vous avez été malade à Caracas, n'est-ce pas ? Ça vous a empêchée de terminer votre rotation.

— Oui, c'est ça.

— Je vois que vous avez eu plusieurs semaines de convalescence. Vous allez mieux ?

— Oui, merci. Je suis guérie.

— Bien ! Vous connaissez le principe : quelques semaines en court et moyen-courriers avant de reprendre les longs. Ça vous va ?

— Très bien.

— Parfait. Bon rétablissement, alors. À bientôt, mademoiselle.

Cette entreprise est incroyable. Ça faisait presque quatre ans que je naviguais en carburant à la vodka, et personne n'avait rien remarqué. Mes parents m'avaient récupérée au moins cinq ou six fois au service médical de l'aéroport de Lyon-Satolas, et l'information n'était jamais remontée jusqu'à la direction. Et là, je m'offrais un delirium tremens de première classe à Caracas, pendant mon temps de travail, et on me souhaitait un prompt rétablissement ! En sortant du bureau de cet homme, j'ai béni ma chance.

Les suites de mon voyage à Caracas m'avaient épuisée, physiquement et nerveusement. J'avais besoin de souffler un peu avant de replonger. Les vols intérieurs étaient parfaits pour ça : ils allaient me permettre de me remettre dans le circuit – et de mon chagrin d'amour, sans risquer de croiser Harald – avant de reprendre la vie éprouvante des long-courriers. Quelques semaines de vie saine et équilibrée, sans décalages horaires ni beuveries d'escales, allaient sûrement me faire le plus grand bien.

Le commandant de bord de mon premier vol de reprise s'appelait Martin. Il était particulièrement grand, portait ses cheveux un peu trop longs, et semblait cool et décontracté. Une espèce de type un peu baba, qui se laissait sûrement facilement tutoyer par tout son équipage et exerçait son autorité avec une certaine désinvolture. Le contraire de Harald ; pas du tout mon genre. J'avais déjà entendu parler de lui : toute la compagnie était au courant de ses déboires avec son ex-femme, une hôtesse de l'air française qui avait finalement préféré aux attraits de ses galons de pilote ceux des dollars d'un voyageur de première classe, qu'elle avait fini par dégoter après une recherche systématique et obstinée.

Le premier soir, à Hambourg, je me suis retrouvée seule pour le dîner : sur les vols intérieurs, pas question de soirée en équipe. Chacun rentre chez soi, chez une sœur, chez un ami, chez quelqu'un qui habite dans le coin. Il n'y a que les éclopés de la vie, comme moi, qui se retrouvaient à l'hôtel dans leur propre pays. En entrant dans le restaurant, avec l'intention de manger une vague salade avant d'aller me coucher, j'ai repéré le commandant et son copilote attablés vers le fond. Nos regards se sont croisés ; ni eux ni moi n'avons osé détourner la tête et faire comme si nous ne nous étions pas reconnus. Je me suis avancée vers eux, ils m'ont invitée à leur table et j'ai passé le dîner le plus ennuyeux qui soit, à les écouter parler d'avions, de kérosène et de moteurs. C'était bien ma veine...

Le lendemain soir, le copilote avait disparu. Quand j'ai aperçu Martin dans la salle à manger, il était trop tard pour faire demi-tour. Les éclopés avec les éclopés : dîner au sommet entre un pilote cocu et une hôtesse alcoolo. Comment aurait-on pu rêver plus sexy ? Le repas a été bien plus agréable que celui de la veille, pourtant. Pas si crétin, le commandant. Je l'ai découvert doux, gentil, prévenant. Tranquille. À demi-mot, il m'a expliqué qu'il connaissait la réputation dont sa folle d'ex-femme l'avait affublé, et qu'il s'en contrefoutait royalement. Les gens pouvaient bien penser ce qu'ils voulaient, pour lui, ce qui comptait, c'était l'équilibre de sa fille, pour laquelle il avait essayé de rendre son divorce le moins pénible possible, et d'organiser une vie sereine à un rythme qui lui convenait. J'ai été surprise, et un peu déstabilisée. Je n'avais jamais rencontré quelqu'un qui semblait à ce point libre des convenances et du qu'en-dira-t-on. Il m'interrogeait sur moi avec la même tranquillité bienveillante. J'ai parlé un peu de ma solitude, de ma passion pour les musées, de mes envies d'art et d'émotions, en veillant à passer sous silence le gros de mon dossier, et à ne pas baisser la garde…

Le troisième soir à Hambourg, après le dîner, je l'ai suivi dans sa chambre. Je ne sais pas pourquoi ; j'étais encore remplie de désir pour Harald. Mais la douceur tranquille de Martin me faisait du bien. Pas de passion, pas d'effusions, juste deux humains pas très heureux qui tentaient de se réchauffer un peu… C'était une nuit très douce et très singulière, remplie d'humanité. Nous nous sommes quittés à Francfort en nous promettant de nous rappeler, comme d'habitude.

Martin a rappelé. Une fois, deux fois, trois fois. Il m'a réinvitée à dîner, à Francfort. Chez lui, dans une petite maison de banlieue mignonne et confortable. Il m'a montré des photos de sa fille, et m'a raconté sa vie avec une transparence et une confiance qui m'ont touchée petit à petit. J'ai parlé un peu, aussi. De moi. De mon histoire. Sans dire un mot sur l'alcool. Il m'a fait la cour, entourée...

C'était doux, simple et enveloppant de se faire aimer par Martin. Je me suis laissé envelopper. Nous nous sommes vus souvent, de plus en plus. Il m'a présenté sa fille, Géraldine, une petite blonde ravissante aussi gentille que son papa. Je l'ai présenté à mes parents ; il a enchanté ma mère. Ça n'a cessé de m'étonner : le monde de Martin était le contraire absolu de celui dans lequel j'avais grandi. Il se fichait des diplômes et de l'apparence. Il se fichait d'être le meilleur, ou que je sois la plus belle ou la plus intelligente ; il se fichait de la compétition. J'ai essayé de faire de nos premières nuits un festival de mes performances, pour lui en mettre plein la vue. Jusqu'au moment où il m'a dit très tendrement : « Laisse-nous un peu tranquilles. On est bien, tranquilles, non ? »

Je n'ai jamais su quoi faire de la tendresse.

Je n'y comprenais rien à cet homme, mais il me reposait, incroyablement.

J'étais tellement absorbée par l'entrée discrète mais obstinée de cet étrange énergumène dans mon existence que j'ai décidé de remettre à plus tard l'absorption de mon prochain verre. Je me suis laissée couler dans la tendresse avec laquelle Martin semblait vouloir s'installer dans ma vie. C'était sans éclat, sans passion, sans déchirements. C'était merveilleux...

Je me méfiais, quand même. Chaque fois que le téléphone sonnait chez lui, je pensais à toutes ces hôtesses de l'air sans scrupules qui devaient loucher sur MON commandant quand il partait. Chaque fois que la mère de Géraldine intervenait pour une raison ou pour une autre, je me demandais quand elle allait tenter l'assaut final pour le récupérer. Il m'a fallu du temps pour comprendre que Martin était tout simplement très différent de la plupart des hommes que j'avais croisés jusqu'alors. Il ne me cachait rien parce qu'il n'avait rien à cacher. Il me faisait confiance. Et ce qui l'intéressait, chez moi, c'était moi. Je crois que ça ne m'était jamais arrivé.

Un week-end, nous nous promenions dans Heidelberg. C'était doux, joyeux et simple, comme toujours avec Martin. Il a disparu sans que je m'en rende compte. Et réapparu quelques minutes plus tard, une rose à la main. M'a prise dans ses grands bras pour me dire « je t'aime ». Ce n'était rien, mais c'était un monde dont j'étais la princesse, moi, au milieu de ses bras. Aucun homme ne m'avait dit ça comme ça. Et j'ai entendu dans la voix de Martin que c'était vrai. Vraiment vrai.

Je ne savais pas quoi faire de ça. Une vie que j'attendais ce « je t'aime »-là, et me voilà embarrassée. Bien sûr, j'aimais être avec Martin. Ça me faisait du bien. Ça calmait tous mes tourments. Mes tourbillons incessants. Mes angoisses de solitude. Mes peurs d'être trop ci ou pas assez ça. Et je savais à quel point c'était précieux. Mais lui rêvait d'une vie tranquille, dans sa jolie maison. De soirées à ne rien faire blottis l'un contre l'autre. De balades en 2 CV, de feu de bois, de nature pure. De bons petits restaurants et d'hôtels charmants. De tendresse. Sans éclats, sans autres envolées que ses décollages, et sans autres flambées que celles de la cheminée.

J'avais peur de m'ennuyer. Je m'ennuyais, déjà : un week-end au grand air, dans les Vosges alsaciennes, nous étions en pédalo au milieu du lac de Gérardmer. Tout était immobile, calme, reposant. Je me sentais comme coupée en deux. Une partie de moi adorait être là, avec lui qui disait « je t'aime » en offrant une rose merveilleuse. Et une autre partie de moi aurait voulu un hors-bord, des gerbes de roses, un feu d'artifice, de la foudre et des explosions.

J'ai appris que Harald était en rotation en Asie. Sans rien dire à personne, j'ai acheté un billet pour la Thaïlande. Je voulais le revoir, au moins une dernière fois. Et qu'il ne garde pas de moi le souvenir de la harpie qu'il avait laissée à Caracas.

Me voilà partie pour Bangkok. Je ne l'avais pas prévenu, évidemment. J'ai trouvé son hôtel et je l'ai guetté patiemment. Et s'il était avec sa femme ? Ou avec une autre hôtesse ? Si la place était déjà prise ? Je ne savais pas. Je verrais bien. À 2 heures du matin, après m'être assurée que la voie était libre, j'ai frappé à sa porte. Son regard quand il a ouvert. Et mon cœur qui a explosé.

Deux jours d'amour fou, à jeun, avec cet homme qui est le contraire absolu de Martin. Bangkok contre Gérardmer. Le feu de la nuit contre la rosée du matin…

Nous nous sommes quittés en décidant que nos plans de vol décideraient à notre place. Et que peut-être, le hasard nous réunirait à nouveau dans un avion…

Martin et moi avions des vies professionnelles suffisamment décousues, et des vies personnelles encore assez séparées pour qu'un homme tranquille comme lui ne se pose aucune question sur l'endroit où j'avais passé ces trois nuits. Quelques jours après mon retour, j'étais à table, dans la cuisine de sa petite maison de banlieue, en train de beurrer une tartine. Il m'a demandé avec douceur, comme si ça coulait de source :

— Pourquoi tu ne t'installerais pas ici, avec moi ? Tu n'aurais plus besoin de filer à Lyon chaque fois que tu rentres de voyage...

Je l'ai regardé. Il buvait son café, comme si de rien n'était. Pour lui, tout semblait toujours simple, fluide, évident. Est-ce qu'il s'imaginait seulement les volcans qui sommeillaient en moi, et les dévastations qu'ils pouvaient provoquer ? Je ne lui avais pas dit un mot de mes dérives d'alcool. Et je n'avais pas non plus bu une goutte depuis que je le connaissais. Je lui mentais, sciemment, parce que j'avais peur qu'il ne parte en courant. Mais mes enfers faisaient partie de moi. Que dirait-il, quand il les découvrirait ? Et serait-il capable de les endiguer, mieux que moi ?

Mais peut-être, aussi, qu'aux côtés de cet homme si délicieux, mes volcans allaient s'endormir peu à peu ? Se calmer ? S'éteindre même ? Il me tendait ses grands bras, je n'avais qu'un pas à faire pour m'y réfugier et m'y reposer. C'est ce que j'avais toujours voulu. Pour la première fois de ma vie, un homme m'ouvrait ses bras et sa maison, me choisissait, me respectait. Et m'aimait, comme j'étais.

Je me suis installée chez Martin. Dans ses meubles, dans sa maison, dans sa vie.

J'ai repris les long-courriers, aussi. Grâce à lui. Je n'arrivais pas à demander d'y retourner, à cause de l'épisode du Venezuela. J'étais terrifiée à l'idée de me retrouver dans un équipage où quelqu'un me demanderait : « Ce n'est pas vous qui avez été malade à Caracas ? Qu'est-ce qui vous est arrivé, exactement ? » Et de lire dans ses yeux qu'il ou elle savait parfaitement ce qui s'était passé. J'avais honte, j'avais peur, je n'osais plus imaginer que je repartirais. Je n'ai rien raconté à Martin, mais j'ai dit que j'avais peur des briefings. C'était vrai, d'ailleurs : c'est au moment où tout l'équipage est réuni pour la première fois, juste avant de partir, qu'on reconnaît ou non des gens avec qui on aurait déjà volé. Martin pensait que j'avais perdu confiance en moi, et que j'avais peur d'échouer au test rapide destiné à vérifier lors de chaque briefing que chaque membre de l'équipage maîtrise les bases de la sécurité en vol. C'était vrai aussi : en fait, j'avais peur de tout. Alors, il m'a rassurée. Accompagnée jusqu'à la salle. Il a attendu derrière la porte, pour me dire au revoir avant que je m'envole. Encouragée, protégée. Aimée...

Martin, c'est un ange qui m'est tombé du ciel. Et je savais que je n'avais pas intérêt du tout à le laisser filer. Alors, je me suis tue, et je me suis laissé aimer.

Et puis il y a eu le mariage de son frère. La replongée. Les mensonges. Jusqu'à ce jour où il s'est tenu devant moi, à l'hôtel, en larmes…

Je ne l'ai pas pris pour un imbécile. Jamais. C'était le contraire, même. Je l'avais trouvé tellement surprenant, humain, intelligent, sage, charmant, que j'avais tout fait pour qu'il me garde. Et qu'il ne s'enfuie pas loin de moi, comme les autres, en découvrant qui j'étais vraiment. Martin, c'était la jolie moitié de moi. Celle qui rendait le bonheur possible. Celle qui vivait pour de vrai, en s'attachant à la réalité concrète, loin des fantasmes et des échafaudages de rêves invraisemblables.

C'était moi, l'imbécile. Parce que mon problème, c'était l'autre moitié. Bangkok contre Gérardmer. Ce besoin stupide mais irrépressible que ça flambe, que ça pétarade, que ça scintille, que ça explose. Cette conviction idiote, mais tatouée dans mon cerveau, que ce qui est simple est forcément médiocre, et que la vie est ailleurs. Qu'une émotion, pour être acceptable, doit être grandiose, renversante, sublime. Qu'un sentiment ne vaut que s'il fait infiniment mal, et éperdument plaisir.

Je suis cette femme infernale, fendue en deux, engloutie dans un combat terrible entre moi et moi. J'aurais voulu ce soit celle de Martin qui gagne. Mais, à cette perspective, l'autre ricanait et se gaussait : c'est ça que tu veux ? Un pédalo sur le lac de Gérardmer ? Quand tu peux avoir Bangkok à tes pieds ?

Il me faudra des années, et traverser l'enfer, pour comprendre enfin qu'on peut avoir les deux, sans s'y noyer...

Je lui ai dit la vérité, mais en même temps je lui ai menti. J'ai expliqué à Martin ma dérive alcoolique. Je lui ai raconté comment les hommes, tous si différents de lui, avaient empilé les chagrins dans ma vie, et comment j'avais laissé ces chagrins me dévorer. Les méandres de mon existence, échec après échec. La honte de mes parents, la peine que je faisais à ma mère. Ma peur de la mort. Ma peur de l'amour qu'il me donnait, et dont je me sentais si peu digne.

Mais j'ai dit aussi que maintenant ça allait mieux, et que je voulais arrêter. Qu'avec son aide, j'y arriverais. Que j'avais changé, qu'il m'avait changée. Que mon avenir, c'était avec lui, et sans alcool. Que mes problèmes étaient derrière moi et que, puisqu'il m'offrait une vie sans nuages, ça irait. Il m'a crue, parce qu'il m'aimait. Il avait rêvé cette vie avec moi durant les derniers mois, il s'y était engagé, déjà, suffisamment pour ne pas avoir envie de renoncer. Quelques semaines après la fameuse nuit à la tête de cheval, dans cet hôtel d'Hambourg où je l'avais vu pleurer, Martin faisait la folie de me demander en mariage. Et j'avais la sagesse d'accepter.

Je n'étais déjà plus capable de m'en rendre compte, mais mon mariage avec l'alcool était consommé depuis longtemps, et ne laissait pas beaucoup de place à une quelconque bigamie. Martin, si doux et amoureux, ne pouvait pas imaginer quelle vie il était en train de nous offrir, et même de nous construire. Finis les allers-retours à Lyon, entre chaque rotation : plus besoin de me cacher de mes parents, d'attendre les heures de repas pour assouvir ma soif, de contenir, un peu, mes débordements pour ne pas affronter maman. Finis les sevrages à froid. Finie l'angoisse de savoir ce que j'allais devenir, puisque Martin serait là. Assez présent pour s'occuper de moi, assez absent pour me laisser boire tranquille pendant qu'il volait à l'autre bout du monde.

J'imaginais avec délectation ma vie entre deux verres. La seule chose que j'aurais à faire serait de maîtriser mon taux d'alcoolémie, de le maintenir à la bonne hauteur avec constance, pour ne pas basculer dans ces crises de démence qui me faisaient si peur. J'avais compris la leçon, entre la Toscane et Caracas : le plus dangereux, c'était de s'arrêter. Dans les deux cas, c'était un mauvais dosage, ou un mauvais sevrage, qui avait déclenché la catastrophe. En Italie, pas assez d'alcool dans le Campari après trop d'alcool dans la vodka ; au Venezuela, un alcool bien trop violent dans un organisme bien trop sevré. Mais, si je maintenais un équilibre, je ne risquais rien. J'étais capable de le faire ; je m'étais bien déjà sevrée, plusieurs fois, sans qu'aucun médecin ni Alcoolique Anonyme s'en mêle, jamais. Pourquoi chercher midi à quatorze heures ? Pourquoi vouloir à tout prix arrêter de boire, alors qu'il était possible d'avoir une vie bien plus vivante et colorée pour à peine quelques euros par jour ?

Nous nous sommes mariés deux fois, à quinze jours d'intervalle : d'abord à Lyon, chez mes parents, une petite fête guindée avec tous leurs amis. Et puis en Allemagne, chez nous, une fiesta beaucoup plus amicale et décontractée. Je ne peux rien en dire de plus ; dans les deux cas, à peine la nuit tombée, je me suis absentée. La mariée était tellement bourrée que son mari est allé la coucher... Il a préféré mettre ces débordements sur le compte de l'émotion et de la pression.

Mon père n'a rien dit ; avant de sombrer, le jour du mariage, j'ai surpris dans ses yeux la fierté soulagée du *pater familias* qui case enfin sa fille, à un âge déjà très avancé – trente ans passés, quelle honte ! Ma mère s'est, une fois de plus, désespérée : « Comment as-tu pu nous faire ça, devant tous nos amis ? Tu penses un peu à nous, de temps en temps ? » Mon frère en a, bien sûr, rajouté une bonne couche. Un truc sur le respect dû aux parents, après tout ce qu'ils avaient fait pour nous, et tout ce que je leur avais déjà fait endurer, *et cætera*, *et cætera*.

Martin, lui, était surtout triste. Il avait mille raisons de l'être.

Notre vie s'est organisée sur un *tempo* chaotiquement régulier. Nous avions demandé à être affectés ensemble sur une rotation par mois. Le reste du temps, il naviguait, je naviguais, et nous nous croisions à la maison quand le hasard faisait bien les choses. Les absences de Martin m'angoissaient et me comblaient à la fois. J'avais peur d'être seule, la nuit. Mais j'avais aussi plein de temps libre, ce qui me permettait de m'adonner sans contraintes à mon activité préférée. J'avais trouvé pour ça un endroit parfait. Un bistrot, à deux rues de la maison. Un bouge où la crasse ternissait les verres et où les soûlards du coin venaient noyer le temps qui passe, de 10 heures du matin à tard le soir. J'attendais chez moi, avec impatience, une ou deux flasques et quelques canettes, l'ouverture du matin. Je me préparais comme pour aller au boulot : lavée, maquillée, pomponnée. Et j'y passais mes journées, quand Martin n'était pas là. Je ne payais presque jamais mes consommations ; il y avait toujours une bonne âme pour s'en charger à ma place, comme on remet une pièce dans le juke-box pour avoir droit à une autre chanson. Je devais être d'un spectacle agréable, à leurs yeux : une petite hôtesse de l'air pas encore trop décatie, femme de pilote de surcroît, juchée sur un tabouret, comme eux, qui descendait des bières et des tas d'autres choses, comme eux, accoudée au comptoir du matin jusqu'au soir. Jour après jour, ils me regardaient devenir comme eux. Roter comme eux. Commenter les nouvelles du jour comme eux. Sombrer comme eux. Voilà enfin un domaine dans lequel j'excellais, et où j'avais même une chance de sortir du lot pour être vraiment la meilleure. D'ailleurs, combien de femmes étaient capables, comme moi, de se coltiner à ces mecs bruts et sans artifices ? De leur tenir tête, de les faire rire, de leur ressembler au point de finir par penser comme eux ? En plus de l'ivresse, je trouvais dans mes séjours prolongés dans mon infâme bistrot une sorte de fierté, doublée d'un vrai plaisir que je n'aurais sûrement pas eu dans un bar smart du centre-ville. Une sorte d'esthétique de la déchéance.

Je ne couchais pas. Il n'en était pas question, ni pour eux ni pour moi. J'étais leur princesse déglinguée, ils étaient ma cour de gueux ; chacun restait à sa place.

Ma seule véritable contrainte, c'était le jour du retour de Martin. Deux jours avant qu'il rentre, je devais commencer à faire baisser mon taux d'alcoolémie – lentement, sans provoquer de crise – pour parvenir à un niveau d'ivresse indécelable le jour de son arrivée. C'était le moment aussi de ranger un peu la maison. Je ne levais jamais le petit doigt en ce qui concernait les travaux ménagers. Mon mari le savait : il avait épousé une princesse pour qui il était heureux d'être aux petits soins. Je n'avais jamais su faire tourner une machine, ou fonctionner un aspirateur. Et je ne sais toujours pas. Ranger la maison, c'était faire disparaître les traces de mes petits déjeuners un peu trop arrosés. Cacher des bouteilles pleines, pour être sûre de ne manquer de rien pendant les quelques jours où il serait là avec moi. Et puis me refaire une beauté : shampoing, manucure, maquillage, jolie robe et petits talons. Quand il rentrait chez lui, Martin était accueilli par une jeune épouse pimpante et parfumée, joyeuse de le revoir.

Un jour où Martin n'était pas là, mon cher frère a débarqué pour une petite visite à sa sœur chérie.

En deux minutes, il a compris : il me connaissait depuis si longtemps qu'il mesurait parfaitement, lui, à quel stade j'en étais de ma soûlographie. Comme d'habitude, il a commencé à m'expliquer comment il voyait les choses et de quelle manière je devrais me comporter pour les rendre acceptables. Comme d'habitude, son ton est allé *crescendo* et je savais que j'allais avoir droit d'une minute à l'autre aux grandes orgues familiales. Une engueulade magistrale et tonitruante qui se finirait immanquablement par des imprécations et un claquage de porte. Sauf que j'étais mariée, désormais. Je n'avais plus à supporter les manières terrorisantes de mon frère, toujours si sûr de son bon droit, qui s'engouffrait dans ma vie comme s'il était chez lui et moi, sa propriété. Il me faisait peur, depuis si longtemps...

Il me faisait peur, mais j'ai eu le courage de le laisser en plan et de partir me réfugier dans mon royaume, mon cher bistrot, là où personne ne songerait jamais à me parler sur ce ton. Je tremblais comme une feuille. J'avais besoin d'un remontant ; deux, même, et bien puissants, pour pouvoir retrouver mon calme, et reprendre le cours de mon existence à l'endroit où il l'avait interrompue. Au moins, dans mon boui-boui, j'étais à l'abri de sa folie...

Fatale erreur ! Mon frère m'a cherchée, et il a fini par me débusquer. Il a débarqué dans mon univers avec la ferme intention de tout dévaster. Et, surtout, de trouver un coupable. Il aime tant les coupables, mon frère ! Et cette famille dépense tant d'énergie à toujours chercher de qui vient la faute, et comment il pourrait être puni…

— C'est un scandale ! Vous êtes en train de tuer ma sœur ! Bande d'assassins !

Mes camarades de jeux l'ont regardé, incrédules. Ils ne comprenaient même pas qui était ce type, et ce qu'il leur reprochait. Cette indifférence légèrement amusée a ajouté à sa fureur incontrôlée.

Je me suis enfuie du bistrot. Il m'a suivie en hurlant toujours. J'ai couru me réfugier chez moi. Alerté par nos hurlements, le voisin d'à côté a fini par intervenir. Il s'est interposé, en parlant calmement pour faire baisser le ton de notre altercation. J'étais terrorisée ; je criais ; je sanglotais. Il s'est adressé à mon frère :

— Je crois que c'est mieux si vous partez…

— Je ne partirai pas. C'est ma sœur !

— Oui, mais vous lui faites peur. Laissez-moi la calmer.

— Vous avez vu dans quel état elle est ? Ça ne se passera pas comme ça.

— Je vous assure, le mieux est que vous partiez. Je vais m'en occuper. Venez avec moi, madame. Venez vous reposer.

J'ai passé la journée chez lui. Et la nuit. Allongée sur son lit, tout habillée, j'ai dessoûlé un peu et nous avons parlé. Beaucoup. Il s'appelait Yogi, il vivait seul depuis que sa femme était partie. Un beau jeune homme attentif et charmant à qui j'ai raconté ma vie, par bouffées. Il disait : « Tu bois trop. » De lui, c'était acceptable. Et même, ça faisait du bien de pouvoir parler à quelqu'un sans « faire semblant », sans mentir, sans se cacher, et sans risquer que le ciel ne me tombe sur la tête s'il découvrait la vérité. C'était reposant.

Je suis rentrée chez moi reposée. Mon frère s'était calmé, jusqu'à la prochaine fois. Il est parti sans que nous reparlions de ce qui s'était passé. Mais je le connaissais tellement bien que je savais exactement quelle était son opinion : si j'avais eu « un peu de volonté », rien de tout ça ne serait arrivé. C'était une honte pour la famille que moi, sa propre sœur, je fraie avec des personnes si peu acceptables, et que j'aie une existence aussi minable. Alors que j'avais tout pour réussir dans la vie. *Amen.*

Et sa vie, à lui, elle était réussie ? Moins alcoolisée, très certainement. Mais tellement remplie de cette colère familiale incessante qui le poussait à se battre contre tout, et presque contre tous, avec une si grande violence… Il ne suffit pas de ne pas être alcoolique pour être équilibré et fréquentable. Quant au bonheur, n'en parlons pas.

En attendant, je m'étais fait un nouvel ami : Yogi, très pratique puisqu'il se trouvait juste derrière la porte d'à côté. Nous avons pris l'habitude de nous voir souvent et de parler beaucoup. Il avait du mal à se remettre de l'absence de sa femme Molly, partie pour une raison qui restait très obscure, mais que je ne tarderais pas à découvrir. Martin observait notre rapprochement d'un assez mauvais œil, sous le regard ravi et égrillard des voisins. Ils avaient tous raison : Yogi me faisait envie, très envie même. Rien d'affectif ni d'amoureux. Juste une violente pulsion sexuelle, dont je me gardais bien d'analyser l'origine. Tout ce que je savais, c'est que je le voulais, et que ça me permettait de replonger dans les délices de mes psychodrames intérieurs. C'est tellement meilleur, les amours, quand c'est interdit ; impossible ; dramatique...

Je le voulais, mais pas lui. Enfin, pas tout de suite. Pas tant que je buvais, disait-il. C'était devenu un jeu entre nous, et une obsession pour moi. Je ne pensais plus qu'à ça. Mon envie de lui remplissait entièrement ma vie. Je retrouvais mes vieux démons, ce besoin d'être dévorée par un tourment qui me laissait sans repos. Ce n'est jamais la même histoire, mais c'est toujours le même ressort : ce besoin éperdu d'être éperdue ; de rêver de quelque chose d'inaccessible ; de tout brûler, de m'y brûler, pour y arriver...

Tout brûler peut-être, mais arrêter de boire pour les beaux yeux de Yogi, sûrement pas. Je savais que je l'aurais. Au désir. À l'exaspération. À un moment, il n'aurait plus le choix. Il tomberait vers moi, et j'aurais gagné.

J'ai fini par gagner. Un soir ou un matin, je ne sais plus. Naturellement, j'avais bu. Quand il s'est rhabillé, il m'a regardée avec dégoût, comme si j'étais un animal répugnant. Il a dit :

— J'en étais sûr : comme tu avais bu, c'était minable. Si tu voyais à quoi tu ressembles...

Je n'ai pas compris tout de suite ce qui luisait dans ses yeux, à ce moment-là. Il m'a fallu quelques jours, encore, et quelques autres rendez-vous clandestins, pour reconnaître dans le regard de Yogi le mépris fou avec lequel me regardait Mikou. Et de découvrir que mon cher voisin, tellement à cheval sur la sobriété, buvait en fait comme un trou. Plus que moi. Comme Mikou...

C'était évidemment pour ça que sa Molly avait fini par déserter ! Nous nous sommes mis à boire ensemble. Souvent. Beaucoup. Dès que Martin, qui s'en est toujours douté mais n'en a jamais rien su, avait le dos tourné. Il m'aurait quittée, je crois. Yogi et moi formions une sorte de couple pitoyable, un tandem de poivrots...

Au contact de Yogi, ma descente s'est accélérée. Un jour, en rotation à Hambourg, j'ai eu mon premier malaise grave en vol, pendant mon service. Mes dernières amarres avaient cédé : j'étais ivre, en plein boulot. Je me suis retrouvée aux urgences. Coma éthylique, hôpital, réanimation, soins intensifs. Ils ont prévenu Martin, qui a débarqué affolé. Puis effondré, quand il a compris l'ampleur de l'imposture dans laquelle je le faisais vivre depuis des mois. Il m'a ramenée à la maison, qu'il a passée au crible. Son butin était à la hauteur de mon mensonge : considérable. Partout des bouteilles, des vides, des pleines, des traces de mes beuveries passées ou à venir. Et moi remplie de honte et d'angoisse, terrifiée à l'idée de ce qu'il allait décider de faire de moi. J'allais perdre mon mari, le seul homme qui m'ait jamais vraiment aimée. Mon avenir. Et mon boulot : bourrée en plein vol, c'était terminé. Tout était terminé. Fin de l'histoire...

— Mais pourquoi tu fais ça ? Pourquoi tu ne m'as rien dit ?

— Si je te l'avais dit, Martin, tu ne m'aurais jamais épousée...

— Non. J'aurais attendu que tu ailles mieux.

— Et si je n'étais pas allée mieux, tu serais parti.

— Oui, sans doute.

— Je ne voulais pas que tu partes...

Aucun argument, aucune excuse, aucune explication. Que pouvais-je offrir à cet homme ? Comment lui expliquer ce que je ne m'expliquais pas moi-même ? Et que lui promettre, que je saurais tenir ? Il aurait fallu, à ce moment-là, que quelqu'un dise les mots justes : « alcoolisme », « maladie », « soins ». Au lieu de « volonté », « engagement », « preuves ». Un alcoolique est un malade, même s'il a l'air d'être un menteur, un salaud, un tricheur. J'avais besoin de me faire soigner, bien plus qu'engueuler...

Martin n'est pas parti ; il ne m'a pas jetée dehors. Il a encaissé la blessure, le chagrin, la trahison, et il m'a accompagnée à l'entretien auquel j'étais convoquée, au service ressources humaines de la compagnie. Parfaitement à jeun, tirée à quatre épingles, Martin à mon côté, je me suis retrouvée assise en face d'un type que j'ai tout d'abord pris pour un psychologue, mais qui n'en était pas un. Il aurait bien aimé, je crois. Au nom du pouvoir que lui donnait son poste, il nous a offert un numéro de grand guignol surréaliste.

— Quelque chose ne va pas, n'est-ce pas, madame ?

— Oui. J'ai un très gros problème d'alcool.

— C'est déjà bien que vous le reconnaissiez. Malheureusement, vous n'êtes pas la seule, dans cette entreprise... Il n'y a pas trente-six solutions. Vous allez suivre une psychothérapie. Il faut absolument vous traiter immédiatement.

— Je suis d'accord. Mais je ne sais pas où...

— Ça tombe bien que vous soyez d'accord : vous n'avez pas le choix. En tout cas si vous voulez rester parmi nous. Je vous donnerai une adresse. Quant à vous, commandant, je pense que le plus raisonnable serait que vous divorciez au plus vite.

— Pardon ?

— Les problèmes d'alcool, j'en vois défiler ici. C'est sans fin. Je sais, ça ne me regarde pas, mais, vu la gravité de la situation, je crois que pour vous, le divorce est la seule manière de vous en sortir.

— En effet, ça ne vous regarde pas.

— Vous êtes commandant de bord, monsieur. Ce n'est pas à moi de vous expliquer vos responsabilités...

Nous étions tellement sidérés, l'un et l'autre, qu'aucun de nous n'a répondu à ce cinglé. Il représentait notre employeur à tous les deux. Et il tenait notre avenir entre ses mains...

— Donc, voici le nom d'une psychologue. Je répète, au cas où vous n'auriez pas bien saisi : personne ne peut vous obliger à aller la consulter, chère madame. Mais, si vous ne le faites pas, nous serons dans l'obligation de vous demander de quitter votre emploi.

— J'irai. Je veux y aller.

— Parfait. Réfléchissez bien tous les deux à ce que nous nous sommes dit, et faites les bons choix…

Cet homme était le premier de la très longue liste d'incompétents, parfois dangereux, que j'allais rencontrer dans ma carrière d'alcoolique en quête de solutions. Nous sommes sortis de son bureau sonnés et désemparés.

Dans mon cerveau, un signal d'alarme venait de s'allumer : Martin pourrait divorcer. Jeter l'éponge, renoncer, m'abandonner. M'abandonner. Je me suis empressée d'aller noyer mon inquiétude dans quelques lampées de vodka.

Martin, lui, n'a rien dit. Je crois qu'il était à bout de mots…

Je suis allée chez la psy. J'avais pris quelques verres pour me donner du courage. J'ai poussé sa porte sans savoir ce dont j'avais besoin, ou même envie. J'ai poussé sa porte parce que j'étais obligée. Pour Martin, pour la compagnie, pour mes parents. Je ne pouvais plus « faire semblant » d'aller bien, je me suis mise à « faire semblant » de vouloir aller mieux.

Dès que je l'ai vue, je l'ai trouvée très belle. Une brune à l'air solide et mûr. En ouvrant la porte qui séparait son cabinet de la salle d'attente, elle a ouvert la porte à un délire fantasmatique qui allait m'emporter encore un peu plus loin dans ma dégringolade.

Je voulais lui plaire. À tout prix. Même pas pour avoir avec elle un échange amoureux ; seulement pour qu'elle m'aime. Pour qu'elle voie à quel point je pouvais être, moi aussi, une personne formidable, extraordinaire, différente de toutes celles qu'elle avait déjà rencontrées. Elle était complètement folle, au moins autant que moi, mais je ne le savais pas. Elle a été flattée, je crois, d'être l'objet de mon admiration éperdue.

Je lui ai envoyé des fleurs, offert des livres, des disques, des poèmes, des places de spectacle. Elle n'a jamais rien refusé. Je lui ai laissé des messages enflammés sur son répondeur ; je l'ai appelée le dimanche, la nuit, dix fois d'affilée. Elle ne me l'a jamais interdit. J'ai commencé à apprendre le hongrois, parce qu'elle était d'origine hongroise. Je lui ai fait une cour extravagante. Je ne sais pas si elle a mis toute cette agitation sur le compte de l'indispensable transfert censé s'opérer entre un psy et son patient, mais à aucun moment elle n'a mis le holà, ni posé de limites à ma passion obsessionnelle et délirante. Elle s'est laissé faire ; elle m'a laissée faire...

Elle détestait Martin, et tous les hommes du monde entier. Elle m'a encouragée à le quitter, à demi-mot d'abord, puis tout à fait clairement. Elle disait qu'il allait « m'engrosser » et me transformer en vache laitière. M'expliquait que tous mes malheurs venaient de lui.

Je ne la croyais pas bien sûr, mais j'approuvais, pour lui faire plaisir. Je voulais tant lui faire plaisir ! Et je commençais quand même à regarder Martin avec un regard un peu suspicieux...

Je n'ai pas du tout arrêté de boire. Ni de me cacher pour le faire. Ni de fréquenter assidûment mon boui-boui. Ni de voir Yogi quand Martin partait. Ni d'avoir peur d'être toute seule, la nuit. Au contraire, j'ai bu de plus en plus. Chaque séance avec cette femme devenait une montagne à escalader, pour laquelle j'avais besoin de me sentir forte et irrésistible, en ingurgitant des litres et des litres de potion magique. Je n'ai rien arrêté du tout, je suis descendue, descendue, descendue, sans plus m'en rendre compte. La seule chose dont j'avais vraiment conscience, c'était de mon état de manque, ou pas. Je sentais précisément à quel moment il était nécessaire de reprendre une dose pour rester toujours sur ma ligne de flottaison, à la jonction des deux mondes, là où l'alcool rend supportable la réalité en la rendant si floue qu'on n'en sent plus rien.

Une fois, j'ai décidé d'y aller à jeun. Je voulais tester son regard, évaluer l'ampleur des dégâts et conforter mon idée que si j'avais une chance de la séduire, et d'ailleurs de séduire qui que ce soit, c'était plutôt avec de l'alcool que sans. Je ne lui ai rien dit, évidemment. Nous ne parlions jamais de ça. Pour elle, comme pour ma mère et tant d'autres, mon « problème de boisson » n'était qu'un épiphénomène de mon mal-être profond.

Je m'y suis prise plusieurs jours à l'avance. J'ai ralenti, ralenti ma consommation, doucement, pour ne pas devenir folle. Et, la veille de notre rendez-vous, j'ai arrêté. Quand je me suis rendue à son cabinet, le lendemain, je maîtrisais la situation. Je ne tremblais pas, et j'avais dans mon sac un bon gros litre de vodka pour étancher ma soif dès que je sortirais. Nous avons commencé la séance, comme d'habitude. La réponse à mon interrogation n'a pas mis longtemps à venir. Elle est arrivée en cinq minutes, à peine, et m'a donné raison de manière triomphale : « Vous n'êtes pas très en forme, on dirait, aujourd'hui. Quelque chose ne va pas ? » Je n'ai rien dit, bien sûr. Mais, au fond de moi, je jubilais. Pour être certaine, j'ai réitéré l'expérience quelques semaines plus tard. Même résultat quasi immédiat : « Qu'est-ce qui vous arrive, ce matin ? Vous n'allez pas bien ? » Pour moi, la messe était dite : cette femme si extraordinaire, et à qui j'avais donné tout pouvoir, avait validé sans le savoir mon intime conviction que je ne valais rien, strictement rien, sans un bon coup dans le nez...

J'ai dû trouver un autre moyen de la séduire. L'image que me renvoyait mon miroir, même si elle était floutée par ma dose quotidienne d'alcool, devenait de plus en plus effrayante. J'étais bouffie, et grosse. En plus de tout le reste, je devenais laide... J'ai décidé de retrouver ma ligne de jeune fille. Au lieu d'arrêter de boire, j'ai arrêté de manger. J'y ai pris goût très vite, et j'ai obtenu des résultats au-delà de mes espérances. En quelques mois, j'ai perdu dix kilos, puis quinze. J'étais maigre à faire peur, mais pas moyen, pourtant, de perdre la petite bedaine des buveurs de bière. L'alcool prenait le dessus, à vue d'œil...

Je n'ai pas séduit cette cinglée, mais j'ai réussi à dégoûter mon mari. Un corps de petite fille décharné, pas lavé, pas soigné, et une haleine dont je ne me préoccupais plus depuis longtemps ; tout l'amour de Martin n'a pas suffi pour qu'il ait envie de continuer à prendre dans ses bras l'épouvantail épouvantable que j'étais en train de devenir. C'est à ce moment-là que j'ai commencé à lui taper dessus, à l'insulter, à le griffer, à le gifler. Je voulais qu'il me désire. Qu'il me prouve à quel point j'étais irrésistible, pour que je puisse me sentir exister. Il n'a jamais répliqué, n'a jamais levé une main sur moi, jamais proféré une insulte. En quelques gestes précis, il maîtrisait mes gesticulations, avant de me laisser retomber sur le lit et d'aller dormir dans le salon. En larmes.

Encore une chose dont la vodka m'aiderait à me consoler...

Ces années-là sont comme un gouffre. Ma mémoire comme une marée noire à la surface de laquelle surnagent, en désordre, quelques événements désespérants.

J'étais jalouse de tout, comme quand j'étais petite fille et que mon frère, tout le temps malade, accaparait l'attention de ma mère. Jalouse de toutes les femmes qui avaient réussi ce que j'étais en train de rater. Une amie hôtesse de l'air, belle brune pulpeuse que je fréquentais tout en la détestant de paraître si heureuse et si épanouie. Je l'ai haïe jusqu'à l'obsession, je voyais son visage se superposer au mien, dans le miroir, et j'avais envie de la tuer. La sœur de Martin, belle, blonde, intelligente, pédiatre, des enfants magnifiques, un mari charmant qui gagnait bien sa vie et racontait avec enthousiasme ses placements immobiliers florissants. Je l'ai maudite de toutes mes forces. Insultée, vomie, dénigrée devant son frère. J'ai dragué son mari, outrageusement, dans l'espoir de le lui piquer pour lui faire mal. Pour déglinguer cette perfection qui me renvoyait de façon si cinglante à mon échec. La fille de Martin, Géraldine, qui devenait une ravissante adolescente gracieuse et sensible, à qui j'ai dit les pires horreurs, et pour qui je suis devenue une marâtre épouvantable. Son frère, à qui j'ai fait des avances dans l'unique but de salir et d'abîmer l'harmonie de cette famille si réussie, que je ne pouvais pas supporter.

Le jour où mon frère s'est marié, à la fin du repas de noces, je me suis levée, couteau à la main, pour égorger ma toute nouvelle belle-sœur. Mon frère et mon mari m'ont désarmée et évacuée, devant l'assemblée sidérée et mes parents décomposés...

Un hiver, nous nous sommes tous retrouvés dans un chalet, pour faire du ski. Il y avait mes parents et mon frère ; ma belle-sœur, sans doute ; ma belle-mère et Géraldine, âgée d'une quinzaine d'années. J'avais baissé mes doses au minimum, pour rendre le séjour possible. Je devais avoir mes règles, mais elles ne venaient pas. J'ai cru que j'étais enceinte. Je ne voulais pas, je ne pouvais pas. J'aurais bien aimé savoir être une femme comme les autres – en un peu mieux, quand même –, mais, tout à coup, j'ai mesuré à quel point j'en étais incapable. L'idée de donner naissance à un enfant alors que j'avais tant de mal à vivre moi-même m'était insupportable. J'étais inapte, comme pour tout le reste. Je savais que je ne saurais pas.

Mon angoisse s'est déchaînée, j'ai bu tout ce que j'ai pu trouver et le chalet s'est transformé en chalet de l'horreur. Je m'en suis prise à Géraldine, que j'ai accusée de vouloir me spolier de ce à quoi mon mariage avec son père me donnait droit. J'ai raconté les pires insanités sur sa mère avant de jurer haut et fort que je ferais tout pour qu'elle ne reçoive jamais rien de Martin. Après quoi, je m'en suis prise à ma belle-mère, que j'ai blessée avec délectation en remuant ses chagrins familiaux les plus profonds ; la mort d'un de ses fils, et de son mari. Mais ça ne suffisait pas à calmer la fureur de mes angoisses. J'ai annoncé à la famille que Martin était homosexuel, impuissant, stérile. Géraldine pleurait. Ma mère pleurait. Et, comme à son habitude, mon frère s'est mis à hurler qu'il allait porter plainte contre ma psy, que c'était un scandale insupportable qu'elle me mette dans des états pareils, que c'était à cause d'elle que j'allais si mal.

Ça a duré plusieurs jours. Je ne sais pas pourquoi ils ne sont pas tous partis. Je ne m'arrêtais plus. Jusqu'à ce que je saigne, enfin. Je n'étais pas enceinte. Je n'aurais pas d'enfant. Jamais. Mon angoisse s'est tue. Pour un moment.

C'est pendant cette période que j'ai commencé à tomber dans la rue. À glisser sur une plaque d'égout, à rater une marche dans le métro, à me cogner contre des objets non identifiés que je ne voyais plus. Jamais rien de grave, mais des petits bobos qui accusent. Des bleus, des bosses, des gnons qui me faisaient de plus en plus ressembler à ce que j'étais devenue. Une loque alcoolique...

Un jour, à Francfort, en plein centre-ville, j'ai été ramassée sur la voie publique par la maréchaussée. J'avais dû m'affaler quelque part sous un porche, et quelqu'un avait dû appeler la police. À moins que je n'aie été repérée divaguant dans un jardin, grâce à la sagacité du conducteur d'un des paniers à salade qui sillonnaient les rues de la ville pour ramasser les clochards, les ivrognes, les drogués, les paumés...

On m'a hissée dans la camionnette, comme un ballot de chiffons. Posée à côté d'un routard puant au jean déchiré et à la crête décolorée. Un arrêt, un peu plus loin, pour ajouter à notre compagnie un vieillard borgne et hirsute qui beuglait une chanson incompréhensible. Et nous voilà arrivés à l'hôpital, section spéciale alcoolos en fin de parcours.

C'est comme si j'avais été propulsée dans un film d'horreur. Des infirmiers m'ont saisie sans ménagement. Ils parlaient fort – ils aboyaient, plutôt –, m'ont poussée, tirée, se sont emparés de mon corps comme d'un objet encombrant et dégoûtant. Ils m'ont traînée jusqu'à une chambre-dortoir où gisaient des formes, attachées à leur lit. J'étais absente de moi, incapable de comprendre ce qui m'arrivait, mais tout de même consciente que j'avais très mal. Et très peur.

On m'a fait une piqûre de je ne sais pas quoi, sans un mot, et puis on m'a attachée aussi sur un lit. J'ai essayé de me débattre, submergée d'angoisse à l'idée de rester ici, prisonnière de ces bourreaux. J'ai tenté d'expliquer qu'il y avait une erreur, que je ne faisais pas partie de ces créatures qui hurlaient, bavaient, beuglaient tout autour de moi. Qu'il fallait me faire sortir d'ici, me mettre ailleurs, loin, à ma place. Dans un endroit pour moi. Mais je n'arrivais pas à trouver les mots. De toute façon, ils ne m'écoutaient pas. J'étais seule, prisonnière de ce lit, entourée du rebut de l'humanité. Un déchet parmi les déchets. Tombée dans la poubelle...

Fini le sevrage à froid. Ça tombe bien, je crois que mon organisme ne l'aurait pas supporté. Ils m'ont fait des piqûres, qui doivent aider à traverser le manque. C'était quand même insoutenable. Une angoisse à mourir, pieds et poings sanglés aux quatre coins du lit. L'envie de me jeter par la fenêtre, pour que ça s'arrête. Mes hurlements avec ceux des autres. Ça y est, j'étais en enfer.

J'étais en enfer.

Deux ou trois jours au moins attachée sur ce lit à mourir en enfer. Puante dans des vêtements maculés du sang de mes chutes et de la sueur de mes angoisses.

Quand j'ai commencé à moins trembler, à moins gémir, à moins crier, ils ont fini par me détacher. Me doucher, trop vite, trop chaud, frottée trop fort, comme une gifle sur tout le corps. Et m'enfiler un vieux survêtement trop grand, informe, rugueux, décoloré par des centaines de lessives désinfectantes.

Ils m'ont donné à manger. Je ne mangeais pas, puisque je voulais maigrir. J'ai commencé à sortir de mon lit, pour essayer de marcher. Je ne marchais pas. Trop faible, trop tremblante.

Quand j'ai enfin tenu sur mes jambes, j'ai découvert le maelström dans lequel j'avais atterri. La tête des hurleurs qui remplissaient mon univers sonore de ces derniers jours. Leurs yeux fous, leur bouche édentée, leur visage explosé de malheur. Pratiquement que des hommes. Tous avaient l'air de vieillards, même quand une main ou un regard disait le contraire. Le fond du caniveau.

J'ai voulu m'enfuir, mais c'était interdit. Fenêtres verrouillées, barreaux, serrures, verrous. Une prison de misère.

On croisait de temps en temps un médecin ou un infirmier. Pressé, méprisant, hargneux. « Vous voyez où ça vous mène, l'alcool ? Vous allez comprendre qu'il faut arrêter ? Regardez comment on en crève. Regardez à quoi vous ressemblez... »

Martin est venu me voir, mais je ne me souviens pas de ses premières visites. J'étais ailleurs, perdue dans ma terreur, hors d'atteinte de quiconque. Quand j'ai enfin réalisé qu'il était là, et qu'il contemplait sa femme perdue au milieu des miséreux, j'ai eu honte. Je ne savais pas quoi lui dire. J'étais certaine qu'il ne me pardonnerait jamais...

Quand je suis allée mieux, j'ai appris à ne plus avoir peur de mes voisins. Et même à faire connaissance. La plupart d'entre eux n'étaient plus que des prénoms, des surnoms aux parcours chaotiques et vertigineux. Ils m'ont raconté leur dégringolade et leur solitude. J'ai tu les miennes, qui n'étaient rien à côté de leurs avalanches de malheurs. Nous avons ri, tellement. Je crois que je n'ai jamais autant ri, et de si bon cœur, que dans cet endroit maudit, au milieu de ces gens que je considérais comme les rebuts de l'humanité jusqu'à ce que je sois amenée moi-même à en faire partie.

Un jour, au bout d'une semaine, Martin est venu pour me ramener à la maison. Il a essayé, encore et encore, de me parler. Il m'a suppliée, menacée, réclamé tendrement une promesse que je ne pouvais pas lui faire.

Je savais que dès que je pourrais, je recommencerais. Je rêvais déjà de mon prochain verre.

J'arrivais, parfois, à reprendre suffisamment pied pour recommencer à travailler, entre deux longs arrêts maladie, sans que la compagnie ne semble réaliser à quel point mon état s'était dégradé. Plus question de voyager à jeun. Je volais imbibée, sourire aux lèvres et décontraction légèrement décalée. Les passagers ne semblaient pas le remarquer, ni s'en plaindre. Et quand une barquette de riz atterrissait malencontreusement sur les genoux de l'un, ou qu'une flûte de champagne se renversait sur la manche de l'autre, ce sont eux qui s'excusaient presque de me mettre dans une situation embarrassante.

Quand je n'en pouvais plus, j'allais m'allonger sur une des couchettes aménagées dans un petit cagibi, juste avant le fret, réservées à l'équipage pour les longs voyages. Enfermée dans le noir, assommée de vodka, je me laissais bercer par les soubresauts de l'avion jusqu'à reprendre suffisamment mes esprits pour retrouver mes passagers.

J'ai dépensé des fortunes en téléphone. J'appelais des heures et des heures, ma mère ou cette psy cinglée, depuis mes escales lointaines. Pour leur dire que je les aimais et que le monde était d'une beauté hallucinante. Pour les émerveiller et leur en foutre plein la vue. Pour ne pas être si seule dans une chambre d'hôtel.

Je me souviens d'une escale à New York. Je m'étais acheté un magnifique body en dentelle, dans un grand magasin très chic. J'étais si soûle que je n'arrivais pas à le boutonner, entre mes jambes. J'ai tiré dessus pour le glisser dans ma jupe, en pensant que ça ne se verrait pas. Quelques membres de l'équipage m'attendaient en face de l'hôtel, pour aller dîner. J'étais en retard. J'ai traversé la rue sans regarder, les freins de la limousine qui arrivait ont crissé et je suis tombée juste sous ses roues. Le commandant s'est précipité pour me relever. Je n'avais rien. Je suis repartie à son bras en riant. Mon body pendouillait par-dessus ma jupe. J'ai dû passer toute la soirée dans cet état, dépenaillée, à moitié dépoitraillée. J'étais devenue pitoyable...

Je me perdais dans des quartiers dangereux, à la recherche de bouis-bouis aussi sales et accueillants que le mien. Dans n'importe quelle ville du monde, je finissais toujours par en trouver un où boire jusqu'à plus soif sous les regards intrigués et concupiscents des alcoolos du quartier. Et par dégoter un taxi qui me ramenait à l'hôtel *in extremis*, juste à temps pour que je puisse continuer le voyage. Il ne m'est jamais rien arrivé de grave dont je me souvienne.

J'ai entamé une tournée mondiale des hôpitaux. Plusieurs fois, débarquée en civière de l'avion où j'étais censée assurer le service, ou embarquée en urgence de ma chambre d'hôtel, dont il avait fallu forcer la porte parce que je ne répondais plus. Pas une fois, ni deux. Une dizaine de fois au moins.

À Bombay, j'étais en plein délire dans ma chambre d'hôtel remplie de bouteilles vides. Ils n'ont pas osé me transférer jusqu'à l'hôpital. Ils ont fait venir une infirmière à mon chevet, pour surveiller mon delirium. J'ai passé la nuit à essayer d'échapper à sa surveillance pour fuir par la fenêtre. Je voyais des monstres et des assaillants ignobles. Je voulais boire, encore et encore, pour que ça s'arrête.

À Quito, des dizaines d'araignées répugnantes sont sorties de mon ventre pour remplir la pièce dans laquelle je me débattais. Je hurlais, mais personne ne parlait une langue que je comprenais.

À Bangkok, dans un hôpital de luxe, quinze infirmières m'ont entourée tout le temps de mon sevrage. Je crois qu'elles n'avaient jamais vu ça. Elles étaient mignonnes, douces et effarées. Devant ma fenêtre se dressait un arbre gigantesque ; un somptueux ginkgo biloba aux feuilles jaune vif, qui me terrorisait. Je les ai suppliées de l'enlever, pendant des heures et des heures. Elles ne comprenaient pas.

À l'hôpital de Singapour, j'ai failli réussir à m'évader en passant par les toits. L'infirmière affolée m'a récupérée en me tirant par la veste de mon pyjama.

À Jakarta, je me suis retrouvée pieds nus, en chemise de nuit, aux portes de l'hôpital. On m'a rattrapée juste avant que j'aille me perdre dans les rues.

À Dallas, ils ont fait venir l'aumônier, pour que je lui avoue quelle drogue m'avait mise dans cet état.

Où que je sois, presque partout, Martin finissait toujours par devoir venir me chercher. Il interrompait son plan de vol, et prenait un avion pour me récupérer à l'autre bout du monde. Le plus souvent, il ne disait rien. Il pleurait, seulement.

— Tu ne peux pas continuer comme ça. Il faut que tu arrêtes de voler.

— Tu es fou, Martin ! C'est mon boulot, à moi. Qu'est-ce que je fais sans mon boulot ?

— Mais regarde dans quel état tu es. C'est indigne, pour toi et pour moi. Et c'est dangereux.

— Je ne veux pas perdre mon boulot. Sans mon boulot, ma vie est foutue.

— Tu ne crois pas qu'elle est déjà foutue, ta vie ?

Il semble invraisemblable que la compagnie m'ait laissée dériver à ce point sans intervenir. Invraisemblable, mais explicable : à chaque vol, je changeais de supérieur hiérarchique. Aucun *purser* ne m'a vue dégringoler marche après marche, comme un chef de service peut observer la dégradation d'un de ses employés, jour après jour, chaque matin quand il s'assied à son bureau. Tout au plus avaient-ils l'impression d'avoir voyagé avec quelqu'un qu'ils ne connaissaient pas, qu'ils ne reverraient sans doute jamais, et qui traversait une mauvaise passe. On ne vire pas quelqu'un qui traverse une mauvaise passe. On ne le dénonce pas non plus ; on compatit, on se projette, on se dit que ça peut arriver à n'importe qui... J'ai été protégée par la solidarité de mes confrères et de mes consœurs, qui savent, mieux que quiconque, combien la vie de navigant peut être difficile à supporter. Et qui, comme moi mais moins que moi, avaient l'habitude de trouver du réconfort dans quelques bons petits verres, une fois tout le monde arrivé à bon port.

Cette logique pourrait expliquer pourquoi aucun de mes nombreux malaises en vol n'a été répercuté jusqu'au service des ressources humaines. Mais lorsqu'il faut appeler une civière pour m'évacuer de l'appareil ? Lorsque je ne me présente pas à l'embarquement parce que je suis ivre morte dans ma chambre d'hôtel ? Lorsqu'il faut me rapatrier de l'autre bout du monde après un sevrage à l'hôpital ? Là, il n'est plus question de solidarité, mais plutôt du secret médical. Cette compagnie est une entreprise très respectueuse des droits de ses salariés. Et la loi interdit à un employeur d'aller farfouiller dans un dossier médical, ou de mettre à la porte quelqu'un qui aurait la malchance d'avoir une santé défaillante. Ajouté à ça l'anonymat d'une flotte gigantesque de navigants, gérée par des chefs qui changeaient de poste bien trop souvent pour pouvoir repérer les brebis galeuses, on peut comprendre l'invraisemblable impunité dans laquelle mon alcoolisme a pu s'épanouir sans que personne réagisse.

Tant que je parvenais à me tenir en vol sans créer d'incidents, même en multipliant les malaises, nul ne pouvait me mettre en difficulté. À part, peut-être, le commandant, à qui il incombe de signaler à la hiérarchie une conduite qu'il jugerait dangereuse pour la sécurité des passagers. Aucun d'entre eux ne l'a jamais fait. Une fois ou deux, j'ai eu droit à une remarque discrète et plutôt compatissante, du genre « vous devriez faire attention, vous dépassez un peu les limites ». Jamais rien de plus.

Il fallait bien, pourtant, que quelque chose arrête ma chute. J'ai fini par commettre la seule faute que mon employeur ne pouvait pas laisser passer. Le tabou absolu, qui provoque immédiatement l'interdiction de voler. L'erreur que j'avais su éviter, au prix d'une vigilance épuisante et d'une tension de tous les instants, année après année. Un jour, j'ai été prise en flagrant délit. Absorption d'alcool en vol. Mise à pied immédiate...

C'était au retour d'une rotation au Japon. Francfort, Anchorage, Tokyo, Anchorage, Francfort. En quinze jours, la *purser* avait largement eu le temps de remarquer à quoi je carburais. Je faisais de moins en moins attention. Elle a dû se dire que ça suffisait, et qu'il était temps de mettre fin à la mascarade. Elle a attendu le vol de retour pour me prendre la main dans le sac. Ça n'était pas bien difficile. J'étais ivre, évidemment, et je me suis enfermée dans les toilettes pour ingurgiter deux mignonnettes de vodka prélevées dans le chariot destiné aux passagers. Au lieu de sortir avec les cadavres dissimulés dans mes poches, et de les glisser discrètement dans le sac à déchets du *galley*, comme je l'avais déjà fait des centaines de fois, j'ai jeté les bouteilles dans la poubelle des toilettes. Elle m'a attrapée à la sortie.

— Vous avez bu ?

— Oui.

— Venez avec moi.

Elle m'a entraînée jusqu'au lavabo, en agitant sous mon nez les preuves de mon forfait. J'ai senti comme un soulagement. C'était fini, enfin. Plus besoin de m'échiner à « faire semblant ». Ma vie s'écroulait, mais je pouvais baisser la garde. Sortir du tourbillon infernal dans lequel j'étais en train de m'engloutir. Arrêter.

Arrêter.

J'ai fini le vol en tant que passagère, en attendant que mon cas soit signalé à ma hiérarchie. Mais je savais déjà que ma carrière de navigante était terminée. Et que je devrais annoncer cette nouvelle terrible à ma mère.

Je n'ai pas été renvoyée. Boire de l'alcool en vol est une faute grave, motif de licenciement immédiat, sauf si c'est le symptôme d'une maladie. Dans cette compagnie, on ne renvoie pas un malade. On lui donne un statut de malade, on lui permet de se soigner et, éventuellement, si son état le permet, on lui propose un poste de travail adapté à sa nouvelle condition. C'est exactement l'avenir qui s'ouvrait devant moi, en descendant de cet avion en provenance d'Anchorage. Je savais que je serais convoquée, bientôt, pour une visite médicale, suivie d'une explication définitive et, sans doute, d'une injonction de me soigner dans un centre de désintoxication. Le plus tard serait le mieux. En attendant, une seule solution : augmenter mon taux d'alcoolémie pour noyer dans la bière, le gin et le whisky le naufrage total de ma vie...

Arrêt maladie, Yogi, boui-boui, psy, whisky. Des semaines et des semaines à descendre encore et encore plus bas...

Un jour où Martin était en vol vers je ne sais quel continent, mon frère est venu me rendre visite.

J'étais toujours nerveuse quand il était là. Je savais qu'un rien pouvait faire flamber sa colère. Il me faisait peur, de plus en plus. Un peu comme je devais lui faire honte, de plus en plus. Ma professeur de hongrois m'avait offert des places pour la grande première de *La Flûte enchantée*, au Vieil Opéra de Francfort. J'avais rendez-vous chez ma psy. Et je devais retrouver mon frère après, dans le hall de l'Opéra.

Je me souviens de m'être arrêtée en route, à plusieurs reprises, pour acheter dans un kiosque une ou deux petite flasques de cette espèce de cognac de mauvaise qualité qu'on trouve un peu partout en Allemagne. Il faisait froid et, surtout, je redoutais de retrouver mon frère.

Quand je suis enfin parvenue jusqu'au hall, la sonnette invitait les derniers spectateurs à regagner leur place. Il avait l'air énervé, mais soulagé de me voir arriver avant le début du spectacle. Il a seulement eu le temps de grommeler un « Tu as vu dans quel état tu es ? » avant de s'engouffrer dans la salle. Je me suis réjouie d'avoir évité l'explication fatidique qui me pendait au nez, et j'ai pu profiter du premier acte pour me détendre tranquillement et en musique, blottie dans la chaleur de mon fauteuil en velours.

C'est à l'entracte que tout s'est accéléré. Il y avait un buffet, du champagne, des petits-fours, sous les dorures du salon d'apparat. Il faisait chaud, la foule était dense. À la première gorgée de la première coupe, mon cerveau a explosé. La foule comme une armée d'ennemis bruyants et menaçants, et mon frère qui fulminait sans oser leur donner sa colère en spectacle. Je l'ai fait à sa place. J'ai saisi des bouteilles de champagne que j'ai envoyées en l'air, jusqu'aux fresques du plafond, en éructant les pires insanités. Je suis montée sur une table en envoyant valser les plateaux de petits gâteaux. Les verres, et quelques vitres, ont volé en éclats et la foule s'est mise à frémir et à protester, en esquissant un mouvement de panique. Bousculade, cris. Je suis devenue folle, démente, incontrôlable. Personne ne pouvait plus me maîtriser, et surtout pas mon frère...

Les flics sont arrivés. Ils se sont mis à quatre pour réussir à me menotter. Je me suis débattue, enfuie, défendue. J'ai griffé, tapé, mordu. Je ne sais plus comment ils sont parvenus à m'emmener jusqu'au commissariat.

Je me souviens seulement que l'un d'entre eux avait le visage en sang. Et que, quand ils ont refusé de me conduire jusqu'aux toilettes comme je l'exigeais, j'ai baissé ma culotte sous leurs yeux incrédules et j'ai pissé comme ça, cul nu devant tout le monde, au milieu du commissariat.

J'ai dû être jugée en comparution immédiate, ou quelque chose comme ça. Je ne me souviens plus des modalités, mais je sais que la sanction a été instantanée, ou presque. À peine le temps de dégriser...

Le policier que j'avais griffé au visage en a pris pour quinze jours d'incapacité de travail. Le Vieil Opéra de Francfort en a pris pour des milliers de Marks de réparations. Et moi, j'ai pris l'obligation de rembourser tous les dégâts, une interdiction à vie d'y remettre les pieds, et un mois de placement dans un hôpital psychiatrique. Immédiat et non négociable.

Un mois à l'asile.

Il se trouve dans le même bâtiment que le service de sevrage des clochards où j'ai déjà passé une semaine. Le même bâtiment, mais pas la même aile. Ni la même chanson...

Martin m'a accompagnée. Je suis arrivée sevrée. Et absolument terrorisée. Des grands couloirs blancs où tout résonne. Des bruits de clés, de chariots en métal qui claquent sur le carrelage. Partout des barreaux, des verrous, des grillages. Et des cris. Des gémissements. Des sanglots. Des râles. Des hurlements.

Il n'y avait que des hommes. Des fantômes, morts vivants. Des pyjamas tachés d'urine. Des bouches qui crachent. Des lèvres qui bavent. Des yeux hagards. Des corps qui tremblent. Des têtes qui se balancent. Des gestes indécents, des pantalons ouverts qui laissent apparaître des membres décharnés. Des fous, partout.

— Tu vois bien, Martin, tu ne peux pas me laisser là.

— Je n'ai pas le choix. Tu es condamnée.

— Mais regarde. Regarde-les, ce n'est pas possible.

— Je sais. Mais je ne peux rien faire.

— Appelle l'avocat. Dis-lui que ça ne va pas. Je ne veux pas. Je ne peux pas.

— Je vais l'appeler. Mais tu sais bien ce qu'il a dit : on n'a aucun recours. Le jugement est tombé. C'est comme ça.

— Ne me laisse pas, Martin. Tu ne peux pas me laisser là. Ils sont tous fous.

— Je n'ai pas le choix. Si je pouvais, je le ferais, je te jure. Mais je n'ai pas le choix.

Le psychiatre qui nous a reçus a eu des mots très durs. Terribles. Tranchants.

— C'est vous qui vous êtes mise dans cette situation. C'est à vous de faire en sorte de vous en sortir.

— Mais je ne suis pas folle, vous voyez bien. Je ne suis pas comme eux, il faut me mettre ailleurs.

— Vous avez été jugée sur votre comportement. Ce n'est ni un hasard ni une erreur s'il vous a conduite jusqu'ici, chère madame. À vous d'en tirer les conséquences.

— Je vous en prie, il faut m'aider.

— Moi, je ne vous aiderai pas. Il va falloir vous débrouiller. Vous avez un mois pour changer tout ça.

Quand Martin est parti, on aurait dit un vieillard. Il m'a tourné le dos, voûté par le chagrin. Et il m'a laissée seule chez les fous.

On m'a mise dans une très petite chambre au plafond très haut, un peu à l'écart des dortoirs des hommes. J'étais la seule femme de tout le service. Je suis restée prostrée pendant deux ou trois jours, épouvantée à l'idée de devoir sortir de mon lit et affronter tous ces zombis.

La première nuit, vers 4 heures du matin, je me suis réveillée en sursaut. Je sentais un souffle, une présence. J'ai ouvert les yeux : à côté de mon lit, tout près de moi, un homme, chauve et sans dents, me regardait en souriant. Et en caressant mes cheveux, très doucement. J'ai hurlé si fort qu'il est parti en courant. Mais personne n'est venu pour me porter secours.

Je me souviens de les avoir regardés déambuler, traîner les pieds, se balancer, s'affoler, grelotter, baver, se disputer, se bâfrer, comme on regarde des animaux dans un zoo. Et je me souviens de m'être même demandé pourquoi on ne les avait pas tous fait disparaître, plutôt que de les parquer dans ce cul-de-sac sans avenir jusqu'à la fin de leurs jours. Je me souviens d'avoir eu peur, si peur.

J'ai fini par accepter de manger, sous la menace du psychiatre. « C'est vous qui choisissez de vous en sortir. Ou pas... » Et je me suis risquée, pas à pas, au milieu de la horde des fous.

Ils me touchaient les seins. Me soufflaient dans le cou, caressaient leur sexe, me frôlaient, me regardaient comme une proie.

— Vous ne pouvez pas me laisser là. Je vais me faire violer...

— C'est vous qui avez fait en sorte d'arriver là. C'est à vous de faire en sorte d'en sortir.

— Donnez-moi au moins un peu d'alcool, ou des médicaments, pour supporter.

— Vous n'avez toujours pas compris, on dirait... En continuant comme ça, vous allez crever. Moi, la seule chose que je peux vous donner, c'est un cahier et un crayon. Faites-en bon usage. Ça ne peut vous faire que du bien.

Je me suis mise à écrire, écrire, écrire. Écrire pour ne pas devenir comme eux et pour rester en vie.

J'avais droit à une visite de Martin par semaine. La première fois, je l'ai assailli de mes angoisses et de mes terreurs. Je ne comprenais pas qu'il ne puisse rien faire pour me tirer de là. Il m'a laissée parler, sans rien dire. Il a attendu que je me taise et puis il a dit, tout doucement :

— J'ai bien réfléchi. Je n'en peux plus. Je n'y arriverai pas. Je veux divorcer.

J'ai senti tout mon torse s'ouvrir en deux et la douleur m'irradier et me pétrifier. Je ne pouvais plus respirer. Si Martin me laissait, c'est que c'était fini. J'allais mourir. Plus rien n'était possible.

— Je t'assure, j'ai tout essayé. Mais regarde-toi. Regarde dans quel état tu es, et jusqu'où ça t'a menée. Je n'en peux plus. Je ne sais plus quoi faire pour toi, ni pour nous. J'arrête, c'est mieux.

— Je t'en supplie, Martin. Ne me laisse pas. Je vais tout faire. Je te jure. Je vais comprendre, je vais apprendre, je vais trouver. Mais ne me laisse pas. C'est foutu, sans toi.

Quand il est parti, je n'étais même pas sûre qu'il reviendrait, la semaine d'après.

J'ai espéré, sans y croire. Mais j'ai espéré. Je suis sortie de ma chambre, et de ma sidération d'être enfermée avec des monstres. J'ai commencé à les regarder autrement, et je leur ai trouvé de l'humanité. Un rire, un cœur, une âme. La plupart d'entre eux étaient là depuis des années. Des dizaines d'années. Des hommes cassés, comme moi, qui ont préféré s'absenter et qu'on a préféré enfermer pour ne pas voir combien ils nous ressemblent. Des humains qui ne savent plus « faire semblant », ou qui n'ont jamais su. Le contraire absolu de tout ce qu'on m'a enseigné, et de tout ce à quoi j'ai cru. Mais des humains, pourtant. Comme moi.

J'ai eu moins peur. Et de moins en moins mal.

Un jour, je me promenais dans le parc auquel on m'avait enfin permis d'accéder pour me récompenser de ma bonne conduite. Un des hommes les plus effrayants du troupeau, que je redoutais pour ses hurlements de bête blessée, s'est approché de moi. Il souriait. Il m'avait cueilli un bouquet de fleurs.

Martin est revenu, chaque semaine. Mais il ne changeait pas d'avis : à ma sortie, nous allions divorcer. J'ai supplié, juré, promis. Je ne mentais pas. Au milieu de cet asile de fous, où j'apprenais avec violence ce qu'étaient l'humanité et la monstruosité, et où toute ma vie défilait dans ma tête, jour après nuit, le seul point lumineux, clair, évident, c'était lui. Une île minuscule et solide au milieu de mon océan déchaîné. Mon port d'attache, ma maison. Mon mari.

Je lui ai dit tout ça, du mieux que j'ai pu, aussi clairement que je me le suis dit à moi-même. Mais rien ne semblait pouvoir le faire changer d'avis.

Plus la date de ma sortie approchait, et plus je sentais l'angoisse s'inverser. Je devrais quitter cet univers terrible mais protégé pour affronter l'univers de dehors, terrible et infini. Sans Martin. Sans personne. Je commençais à me dire que dans ces conditions, mieux valait ne pas sortir…

Le jour du départ, Martin est venu me chercher. Il n'a pas dit un mot. Nous sommes allés saluer le psychiatre, qui m'a dit en me regardant droit dans les yeux : « J'espère que vous avez compris, et trouvé les ressources de vous accrocher. Sinon, c'est sûr, vous allez crever. »

En arrivant à la maison, Martin m'a expliqué qu'il avait beaucoup réfléchi et que, finalement, il restait. Parce qu'il m'aimait.

Nous avons entièrement débarrassé la maison de la moindre bouteille d'alcool. J'ai annoncé à Yogi que ça n'était plus la peine de m'approcher. Il l'a très mal pris, mais ça n'était plus mon problème. J'ai eu un entretien avec l'imbécile des ressources humaines de la compagnie, qui m'a expliqué à quoi j'avais droit : un emploi dans une filiale de réservation, au sol, à condition que j'aille mieux et que je réussisse l'examen de sélection. Et, en cas de rechute, une cure de désintoxication de deux fois trois mois, renouvelable une fois. Après quoi, personne ne pourrait plus rien pour moi et je serais rayée de leurs listes. « Je vois que vous n'avez pas divorcé. Vous avez de la chance. On ne peut pas en dire autant de votre mari... » J'ai appris, par la suite, que cet homme avait longtemps exercé le métier de serrurier, avant de bénéficier des largesses de l'entreprise pour grimper les échelons. Lui aussi avait eu de la chance. On ne peut pas en dire autant de ceux dont le dossier arrivait sur son bureau.

J'ai bûché mon examen, avec empressement. Ça m'a intéressée, comme toutes les choses nouvelles qui commencent. Je me suis appliquée à ne pas voir quelle déchéance ça représentait pour moi, de potasser dans l'espoir d'obtenir un pauvre emploi de bureau, rivée du matin au soir devant un écran, écouteur à l'oreille, pour trouver au client à l'autre bout du fil une place dans un avion pour l'autre bout du monde, dans lequel je ne volerai plus jamais. Ce que je voulais, moi, c'était une ligne de fuite ; un horizon, même ridiculement petit ; un avenir, même quelconque. Pouvoir dire à ma mère que quelque chose m'attendait. Et prouver à Martin qu'il avait bien fait de ne pas divorcer.

Et puis récupérer une vie qui me permettrait, tranquillement, de retrouver mes délices alcoolisées.

J'ai été embauchée par une filiale de la compagnie chargée de gérer les réservations pour les agences de voyages. Dans le bureau où j'ai été affectée, nous étions une dizaine d'employés. Neuf jeunes d'une vingtaine d'années, qui s'acquittaient du mieux qu'ils pouvaient de ce boulot alimentaire en espérant pouvoir bientôt profiter des perspectives réjouissantes que ne manquerait pas de leur offrir le grand groupe aéronautique dans lequel ils venaient d'entrer par la petite porte. Et moi, qui approchais de la quarantaine et à qui l'utilisation d'un ordinateur demandait une énergie de chaque instant. J'ai tenu bon, coûte que coûte, pour passer les trois mois d'essai. Tout le monde était très gentil avec moi, comme avec une grande sœur un peu larguée, mais qu'on aime bien. Je m'efforçais de les faire rire. Ça avait l'air de marcher. Je crois qu'ils se demandaient de quelle planète débarquait cette Martienne, femme de commandant de bord, qui venait, comme eux, passer des journées un peu abrutissantes pour parvenir péniblement à gagner le SMIC. Il faut dire que j'arrivais chaque matin au volant de la voiture de Martin. Une Jaguar.

Au bout des trois mois d'essai, j'ai été embauchée. Et j'ai réussi à me convaincre, et à convaincre Martin, qu'un petit apéro après une journée de boulot, ça n'avait jamais fait de mal à personne. Évidemment qu'il ne m'a pas crue, mais je crois que c'est à ce moment-là qu'il a définitivement baissé les bras.

Yogi s'est naturellement précipité dans la brèche. Ma résistance a été à la mesure de mon état psychologique : faible. Il m'a fallu quelques semaines, à peine, pour repartir dans mon siphon d'alcoolique.

Un jour, j'ai embarqué le petit garçon d'un ami qui rêvait de faire un tour dans la Jaguar. À fond sur les petites routes de campagne, Beethoven à plein tube, j'étais un cosmonaute à bord d'une fusée intersidérale. J'étais enchantée de lui offrir ce voyage extraordinaire. L'alcool nous propulsait aux portes de la galaxie. Qu'est-ce qu'un petit garçon pouvait rêver de mieux ? Quand je me suis garée le long de la maison, j'ai vu qu'il était blême. Il avait eu très peur. Il avait raison ; j'aurais pu nous tuer.

Une autre fois, je me suis retrouvée nez à nez avec un camion qui arrivait à toute allure sur une route où il n'aurait jamais dû être. J'ai freiné comme une folle. Insulté le chauffeur qui avait failli nous tuer tous les deux et qui ne comprenait pas pourquoi cette cinglée en plein sens interdit se permettait en plus de lui faire la leçon. La Jaguar est une bonne voiture. Mais, finalement, Martin et moi avons décidé que j'arrêterais de m'en servir.

Je me suis donc condamnée aux transports en commun, comme des milliers de mes concitoyens. Une heure et demie aller, une heure et demie retour, avec deux changements, les bus bondés qui n'arrivent pas, l'entassement et les bousculades. La vie ordinaire des gens ordinaires... J'ai commencé à arriver en retard. Me tromper de bus. Me perdre dans les couloirs du métro. J'étais en colère contre tout le monde, et contre le système inefficace des transports en commun de cette ville censée être une des plus grandes et modernes d'Europe. J'étais en colère contre la terre entière, et contre cette pauvre vie sans intérêt dont même les bouteilles cachées dans mon sac n'arrivaient pas à me désennuyer.

Un matin, Yogi m'a appelée au bureau. J'étais étonnée : c'était la première fois. Je lui avais interdit de le faire. « C'est juste pour te dire que Molly est revenue. C'est fini entre nous, ne cherche pas à me revoir. » La vieille rengaine qui me revient dans la figure. La femme qui réapparaît, et moi qui suis virée. Porte grande ouverte vers ma descente aux enfers. Encore un peu plus bas que la dernière fois...

Ils ont appelé les urgences, et une ambulance est venue me chercher pour m'emmener chez mes amis les clodos. J'avais tellement bu, je ne me souviens de rien. Hurlements, sangles, sevrage, douleur sauvage, angoisse sans fond. Et puis mieux, on me détache, on me douche, et je finis mon séjour en rigolant avec mes copains. Une dizaine de jours, cette fois-ci. Les temps de sevrage s'allongent, inexorablement.

Quand Martin vient me chercher, sur la route du retour, je lui demande de s'arrêter dans un bistrot. J'ai soif. Il se gare, me tend un billet sans me regarder. « Je t'attends dans la voiture. » Nous avons épuisé toutes les discussions sur ce sujet.

Malgré les imprécations du serrurier, je n'ai été ni virée ni expédiée en cure. Est-ce parce qu'ils sont si nombreux ? Ou parce que tout le monde sait ce que c'est que d'avoir un coup dans le nez ? Le monde du travail est indulgent avec les alcooliques... Ma première overdose au bureau a été considérée par ma hiérarchie comme un « épisode dépressif », dû à l'absence de mon mari, qui avait l'impudence de m'abandonner à ma solitude le temps d'exercer son métier.

Quand je suis revenue au bureau, l'ambiance avait nettement changé. La Martienne commençait à fatiguer tout le monde, avec ses retards intempestifs, ses bugs informatiques d'origine indéterminée qu'il fallait l'aider à démêler, et l'inévitable surcroît de travail que généraient, pour mes jeunes collègues, mes incompétences alcoolisées. Ce boulot, en plus d'être nettement moins bien payé, était en fait beaucoup plus difficile que celui d'hôtesse de l'air sur long-courrier. Plus moyen de rattraper les petites fautes, les approximations, par un sourire charmant et complice ou une pirouette spirituelle avec le passager. Je n'arrivais plus à mettre à jour mon savoir-faire. Je passais des heures à essayer de comprendre les avancées informatiques constantes que les autres saisissaient en un rien de temps. Au bout du fil, mes clients perdaient patience... J'ai fini par trouver un moyen radical de régler leurs problèmes : quand je ne savais plus quoi faire, je leur raccrochais au nez. Ils rappelaient, exaspérés, et tombaient sur un de mes collègues qui devait non seulement les calmer, mais aussi effectuer le travail que j'avais été incapable de faire. Les tensions devenaient de plus en plus vives. Et j'avais de plus en plus besoin de boire pour tenir le coup.

Je ne tenais pas le coup. Il a fallu quelques semaines, à peine, pour que je fasse une nouvelle overdose, en plein boulot. Pompiers, ambulance, hôpital, sevrage – deux bonnes semaines, cette fois-ci –, clodos et, à la sortie, bistrot. Et, comme prévu, convocation cinglante du serrurier.

Je me suis quand même débrouillée pour arriver à jeun. Il n'était pas tout seul, cette fois-ci. Il y avait également mes deux supérieurs hiérarchiques, témoins quotidiens de ma dégringolade, et une assistante sociale. C'est lui qui a ouvert les hostilités.

— C'est bien ce que je redoutais : votre état ne s'est pas amélioré, depuis que nous nous sommes vus.

Il a dit ça sur un ton triomphal. Il voulait montrer à tout le monde à quel point il maîtrisait bien le dossier...

— Vous ne vous en souvenez sans doute pas, mais je suis venu vous rendre visite, à l'hôpital, la dernière fois que nous avons dû appeler les secours...

J'ai vu dans son regard le plaisir répugnant qu'il prenait à ménager le suspense. Son auditoire était pendu à ses lèvres.

— Vous n'étiez pas belle à voir. Attachée sur le lit, à moitié nue. Autant dire que vous n'étiez pas en état de me reconnaître. Ni qui que ce soit, d'ailleurs.

Il n'a pas le droit. Évidemment qu'il n'a pas le droit, mais personne n'a osé le lui faire remarquer. Surtout pas moi. Moi, je n'avais plus aucun droit.

La sentence est tombée, sans appel : pour la première fois de ma vie, après plus de vingt ans d'ivresse et des milliers de litres ingurgités, j'étais déclarée enfin officiellement alcoolique. Donc, pour moi, c'était la cure de désintoxication, ou la porte.

Martin était aux anges ; Maman jubilait : enfin une solution, clés en main, pour me sortir de là. Et pas besoin de trouver des trésors de persuasion pour me convaincre : de toute façon, je n'avais pas le choix. Trois mois pour me refaire un foie et un mental tout neufs, et, en plus, remboursés par la Sécu et la mutuelle ! Toutes les statistiques de cette clinique étaient formelles : on frisait les cent pour cent de réussite, paraît-il. Il faut dire, au prix affiché, c'était un minimum...

Je ne voulais pas aller en cure, mais j'ai dû me plier. Je suis arrivée soûle, comme il se doit, et j'ai commencé mon séjour attachée sur un lit, dans l'unité de sevrage locale, qui ressemblait en tous points à celle de Francfort, où je commençais à avoir mes habitudes. C'est dix jours plus tard, une fois mon organisme calmé, que j'ai découvert le merveilleux endroit où j'étais assignée à résidence. Une assez grosse maison, posée au milieu d'un parc verdoyant au cœur d'un coquet village, à une cinquantaine de kilomètres de Francfort. Une sorte de prison pour riches à la dérive. Sous prétexte de mon anorexie latente, j'ai été installée dans la section « troubles psychiques », beaucoup plus chic que la section « alcoolisme », reléguée dans un vieux bâtiment nettement plus rudimentaire, au fond du jardin.

Je partageais une très jolie chambre, moderne et lumineuse, avec une femme d'une cinquantaine d'années qui en paraissait facilement dix de plus. Une ancienne chef de cabine de la compagnie (notre entreprise était un vrai filon pour l'établissement) riche, seule, drôle, adorable et totalement désespérée. L'alcool avait peut-être rempli son existence, à elle aussi, mais, en contrepartie, il l'avait vidée de toute sa famille, tous les hommes de sa vie, et tous ses amis. Elle passait tout le temps qu'on nous laissait libres à dormir, ou à le regarder s'écouler en murmurant : « On s'emmerde. Mais qu'est-ce qu'on s'emmerde… »

C'était un endroit à la fois très strict et très libéral ; très allemand, en fait. Le règlement était intraitable : pas une goutte d'alcool, sous peine d'éviction immédiate et définitive. Des contrôles sauvages avaient lieu régulièrement, à n'importe quelle heure : il arrivait parfois qu'on nous réveille la nuit pour nous faire souffler dans le ballon. Pas question, non plus, de manquer sous un quelconque prétexte les séances obligatoires de thérapie, collective ou individuelle, auxquelles il fallait arriver à l'heure précise. Nous étions également tenus de participer à un nombre minimal et déterminé d'activités annexes – sport, relaxation, créativité –, que nous devions choisir parmi un bouquet de propositions, et dont nous devions tenir le compte précis sur un petit carnet de présence, lui aussi contrôlable à tout moment. Les sorties m'ont été dans un premier temps interdites, puis progressivement autorisées, d'abord accompagnée d'un « ancien » réputé plus solide, puis seule, y compris pour un vrai week-end. Il était impératif d'en respecter les horaires fixés, à la minute près. Et notre alcoolémie était évidemment testée chaque fois que nous revenions de « dehors ».

Une fois acceptées ces règles et ces activités, certes désagréables mais bien moins insurmontables que huit heures par jour passées dans un bureau sinistre à essayer de faire fonctionner un ordinateur en répondant au téléphone, on vous fichait une paix royale.

Très vite, je m'y suis plu. J'étais bien, moi, là-bas ! Enfin dégagée de toutes les contingences quotidiennes – aller au boulot, ne pas se faire prendre, ou avoir à « faire semblant » que tout va bien –, j'avais l'impression d'être en vacances. Je n'avais plus à gérer avec inquiétude mes temps de solitude, et l'absence de Martin pendant des jours et des nuits. J'ai pu donner libre cours à ce que je savais faire de mieux : devenir, en quelques jours, la princesse du château, autour de qui s'activait une petite cour admirative, essentiellement composée d'hommes tout frétillants à l'idée d'obtenir mes faveurs. J'étais plus vive, plus cultivée, plus jeune et à première vue moins déglinguée que la plupart de mes codétenus, et j'ai très vite trouvé le moyen d'en profiter.

Bien sûr, il fallait s'acquitter de quelques obligations. Les méthodes thérapeutiques utilisées contre nous étaient catastrophiques, mais tellement ridicules et stupides qu'il était assez aisé de les contourner. Je n'ai jamais rien pris de tout ça au sérieux. Ni les séances collectives, où on nous faisait confectionner une petite carte sur laquelle il fallait écrire côté pile les bonnes raisons de continuer à boire, côté face les bonnes raisons de ne jamais recommencer ; nous étions censés l'utiliser comme un pense-bête salvateur en cas de désir irrépressible de replonger ! Ni les séances individuelles, destinées à torturer nos inconscients jusqu'à en extirper le terrible événement, évidemment survenu dans une lointaine enfance et enfoui dans un oubli protecteur, qui nous avait plongés dans les affres dont nous allions être délivrés d'un jour à l'autre. Tous les membres de ma famille y sont passés : qui de mon grand-père, mon père, mon frère, ma mère, m'avait fait subir à mon insu et sans que je m'en souvienne les violences dont je ne me remettais pas ? Quel abominable secret ma famille protégeait-elle, au point de m'en faire porter le fardeau ? De quel acte inavouable, emprisonné dans mon oubli, m'étais-je rendue coupable ? Mais, bon sang, qu'est-ce qui me mettait dans cet état ?

Les thérapeutes étaient tous jeunes et inexpérimentés. Ils suivaient des grilles de lecture et de fonctionnement simplistes et universelles, qu'ils appliquaient indifféremment à tous les patients qui se présentaient à eux, sans envisager un seul instant que chaque individu est singulier, et suit des méandres particuliers. On sentait bien qu'ils étaient là faute de mieux, et que seul un début de carrière sans grand choix possible les avait fait échouer à nos côtés. Comme beaucoup des soignants que j'ai eu l'occasion de croiser, la plupart d'entre eux détestaient les alcooliques, leur inconstance, leurs mensonges, leurs absences, leurs rechutes. D'une certaine manière, je les comprends : c'est décourageant, de travailler avec nous. Il y a tant de faux espoirs, si peu de chances d'amélioration, et elles sont si lentes à venir…

Pour les cas désespérés comme le mien, on faisait aussi appel à un aumônier. J'ai eu droit à des séances hallucinantes où c'est lui qui se mettait à pleurer en me suppliant de pardonner à ma mère tout ce que je n'arrivais pas à lui pardonner, sans que j'aie pourtant prononcé un seul mot à ce sujet.

Je les laissais faire. Ils ne m'atteignaient pas. Je sais maintenant qu'ils avaient sans doute raison sur le fond, et que c'est dans mon histoire que se cachent les clés de ma dérive. Mais, à l'époque, tout me semblait bien plus clair et bien moins compliqué que ça : comme ma compagne de chambre, qui mourait lentement d'ennui, je m'emmerdais. La vie m'emmerdait. Les gens aussi. Et la seule chose qui rendait tout ça supportable, c'était l'alcool et ses étincelles...

Ou alors, la passion, qui désennuie si bien. Les espoirs et les désespoirs, les défis à relever, les conquêtes impossibles... J'étais privée d'alcool, je me suis rabattue sur ma deuxième drogue : trouver quelqu'un pour qui flamber... Il y avait Manfred, la soixantaine, ingénieur, marié, alcoolique, à qui je plaisais énormément. Je le méprisais, évidemment, d'être devenu le déchet qu'il était, et d'être tellement à mes pieds que ça en devenait trop facile, et plus très amusant. Je le méprisais, mais je l'utilisais, d'abord comme terrain de jeu, pour recommencer à exercer ma capacité de séduction. Puis, plus tard, pour d'autres usages, qui, durant les premières semaines de ma cure, ne m'ont pas effleuré l'esprit...

Celui qui m'intéressait vraiment, c'était le prof de gym. Plutôt pas mal, jeune, musclé ; une sorte d'Apollon, au milieu de notre petite bande de bras cassés. Je ne supportais pas qu'on me touche. Au cours des activités de « reconstruction » imposées dans le cadre de la thérapie, les exercices de respiration, de relaxation, et autres joyeusetés New Age où on nous proposait immanquablement, à un moment ou à un autre, de nous prendre par la main ou dans les bras les uns des autres me faisaient horreur. Je m'y refusais absolument, sans négociation possible. Mais quand le beau prof de gym s'est approché de moi pour me faire un massage, j'ai senti tous mes volcans se réveiller. Il me le fallait. Il était prof, j'étais élève ; lui thérapeute et moi patiente. Raison de plus. Ça ajoutait à l'affaire le piquant indispensable pour la rendre alléchante. J'ai commencé à déployer ce que je pensais être des trésors de séduction pour qu'il se rende à mon évidence : quelque chose de très fou se passait entre nous, et il n'y avait aucune raison que nous nous en privions.

Ça ne marchait pas. Enfin, pas complètement. Semaine après semaine, je voyais bien qu'il était tenté, mais les interdits semblaient trop lourds pour lui ; infranchissables. J'ai donc décidé de l'aider. En employant ma manière habituelle ; la seule qui, selon moi, était absolument imparable. Ça faisait bientôt deux mois que j'étais là, et j'avais gagné par une conduite quasi exemplaire le droit de sortir non accompagnée. Je profitais de mes après-midi libres pour prendre le train pour Francfort, faire du shopping, visiter une exposition ou un musée, avant de regagner docilement mon royaume de princesse sage et surveillée. Cet après-midi-là, j'ai changé mes habitudes. Je me suis pomponnée, habillée de ce que j'ai trouvé de plus sexy dans mon armoire, et puis je suis sortie acheter deux bouteilles de potion magique, celle qui transforme les jolies princesses sages en sublimes bêtes de sexe irrésistibles. Je suis entrée dans un bar et j'ai commandé un demi. Je suis allée me cacher pour boire ma vodka dans les toilettes, j'ai arrosé tout ça de mon reste de bière et je suis rentrée au château pour montrer au bel Apollon qui était la plus forte.

Là, j'ai eu mon moment de gloire. La jouissance délicieuse de n'être plus retenue par aucun frein ; de montrer à tous ces minables ce qu'est une femme libre, belle, culottée, quand elle sait ce qu'elle veut. J'ai surgi comme une furie au milieu du cours de gym pour fièrement déclamer mon désir à la terre entière, et voir briller dans les yeux d'Apollon le bonheur d'être choisi. Après, je ne sais plus ce qui s'est passé.

Drame, ambulance, unité de sevrage, démence, plusieurs jours sanglée sur le lit. Et, peu à peu, quand j'ai repris conscience, la terreur d'imaginer ce qui allait m'arriver : virée du château, virée de mon boulot... Virée de chez Martin. Virée de tout. J'étais foutue. Foutue.

Mais finalement, non. Contre toute attente, une fois traversé l'immonde sevrage, un taxi m'a ramenée au château pour une explication musclée avec la psychologue en chef. Je la détestais, et je crois qu'elle me le rendait bien. Mais là, elle m'a agréablement surprise. Tout en restant dans son registre préféré, bien entendu.

— Vous savez que ce que vous avez fait est très grave ?

— Oui.

— Vous avez trahi notre confiance et, surtout, vous vous êtes trahie vous-même. C'est votre vie que vous jouez. C'est vous que vous prenez le risque d'exclure...

— Oui, je sais. Je suis désolée.

— Vous réalisez bien que les règles fixées ici, et que vous avez acceptées à votre entrée, ne nous permettent pas de vous garder ?

— Oui. Mais je ne sais pas où je vais pouvoir aller, je crois que mon mari est en vol très loin en ce moment et...

— Nous avons décidé de vous laisser une dernière chance.

— Ah bon ?

J'étais abasourdie. La semaine précédente, un homme s'était fait éjecter pour une demi-bouteille de bière ! Même si ça ne me semblait pas totalement incongru que j'aie droit, moi, à un traitement de faveur, j'avais quand même du mal à comprendre.

— C'est tout à fait exceptionnel, j'espère que vous en avez bien conscience.

— Oui, oui...

— Et c'est à une condition.

— Oui ?

— Vous allez devoir vous excuser, expliquer à quel point vous avez eu tort, et montrer que vous avez compris l'importance de ce qui se passe pour vous ici.

— Très bien, je m'excuse...

— Ah non, pas devant moi. Devant l'ensemble de la maison. Les soignants, les patients, et tout le personnel. Nous vous attendons après-demain, à 16 heures, dans la grande salle. Vous avez deux jours pour réfléchir et préparer ce que vous avez à nous dire.

J'ai passé quarante-huit heures d'horreur, à peaufiner un texte en allemand, obsédée par l'idée que je me serais bien mieux débrouillée dans ma langue maternelle. Mon seul souci était de leur en mettre plein la vue, pour qu'ils réalisent à quel point j'étais cultivée, intelligente, instruite ; une sorte de gageure littéraire qui confirmerait la raison pour laquelle j'avais droit à ce traitement d'exception : je sortais du lot, c'était évident.

Ils n'ont rien compris à mon discours pompeux et alambiqué, puisque c'était une bouillie incompréhensible. Mais ça a semblé leur suffire. J'ai été réintégrée au château.

Ça a été, pour moi, l'occasion d'avoir une discussion passionnante avec ma chère voisine de chambre, que mon « pétage de plombs » avait réussi à amuser quelques instants. J'ai découvert avec émerveillement qu'on pouvait picoler, pendant les week-ends de sortie, sans se faire prendre à l'Alcootest en rentrant ! Il suffisait de maîtriser parfaitement le *tempo* et les quantités. Elle était experte en la matière. Elle m'a appris à calculer, méticuleusement, combien boire par rapport à mon poids et à ma taille, et à quel moment m'arrêter pour pouvoir souffler dans le ballon sans être inquiétée en rentrant de week-end. De nouveaux horizons se sont ouverts à moi. Si je pouvais passer la semaine en vacances au château, et les week-ends « en voyage », discrètement, mon existence allait devenir supportable ! Et même, si ça se trouve, agréable ?

J'ai fait mon premier exercice pratique le week-end suivant, en utilisant ce benêt de Manfred comme complice. Lui refusait de boire. Il faisait partie des convaincus qui espéraient sortir de la cure guéris, à jamais délivrés de leurs démons.

Le week-end, il retrouvait sa femme. Mais ce vendredi-là, il m'a d'abord accompagnée à Francfort pour m'aider à accomplir mon plan.

C'est lui qui est allé acheter les munitions. Moi, j'avais trop peur qu'on voie dans mes yeux que c'était interdit, et qu'il ne fallait pas me vendre ces bouteilles. Je l'attendais dans un fast-food, en bouillonnant d'impatience. J'avais commandé un grand gobelet de Coca, dont j'avais vidé la moitié dans un lavabo. Quand il est arrivé avec les munitions, j'ai rempli le verre de whisky et j'ai attaqué ma phase de décollage, en retrouvant avec délectation les crépitements intérieurs que provoquait une alcoolisation douce et progressive.

J'ai bu lentement, gorgée après gorgée, sans me presser, pour savourer. Manfred m'embrassait et me pelotait tant qu'il pouvait. Je m'en fichais, j'étais bien. Je commençais à prendre de l'altitude, et je savais que j'avais jusqu'à dimanche, 11 heures du matin, pour retrouver mes sensations préférées avant d'amorcer l'atterrissage. Martin était en rotation à l'autre bout du monde. Manfred allait bientôt filer pour retrouver bobonne. Le monde était à moi !

Je suis rentrée en taxi jusqu'à la maison, complètement soûle. Et j'ai alimenté ma cuite, au goutte-à-goutte, jusqu'à l'heure fatidique. Ça a très bien marché : en commençant à diminuer le samedi dans l'après-midi, pas de crise de démence, pas de manque. À 11 heures, le dimanche, j'ai amorcé ma descente vers le sol, en douceur. J'ai fait disparaître de la maison toutes traces de mon voyage, et je suis rentrée tranquillement au château, juste avant que sonnent les douze coups de minuit, comme le stipule le règlement. Ma petite inquiétude au moment de souffler dans le ballon a été vite dissipée : ma voisine avait raison, si on savait compter, ça marchait !

Coup de chance, Martin travaillait beaucoup durant ce dernier mois. J'ai pu achever mon trimestre de cure de désintoxication tranquillement, en me réintoxiquant chaque week-end en son absence, sans que personne s'en aperçoive.

Plus la fin approchait, et plus j'étais anxieuse. La perspective de retrouver les collègues et les ordinateurs me terrifiait. Moi, ce que je voulais, c'était rester là, bien au chaud au château, à balancer entre mes semaines à jeun et mes week-ends arrosés. Contenue dans un cadre rassurant où je n'avais qu'à continuer de briller, sans de trop grandes frustrations, sans excès, sans débordements. C'était pour moi la vie rêvée...

Ravis de l'efficacité que leurs méthodes semblaient avoir sur moi, et confortés dans l'idée qu'ils avaient bien fait de me réintégrer – en grands professionnels, ils pouvaient comprendre que le parcours d'un alcoolique puisse comporter quelques rechutes –, les psys du château ont eu l'excellente idée de me proposer de prolonger mon séjour. Ils appelaient ça les trois mois de « consolidation ». Mutuelle, Sécu et employeurs étaient absolument d'accord ; ma petite famille, enchantée ; et moi, ravie de gagner ce sursis.

Je me suis donc installée dans mon rôle d'« ancienne », protégée par la discrétion de ma chère voisine et de Manfred, définitivement inconditionnels. Je profitais des absences confiantes de Martin et de l'augmentation de mes sorties, de plus en plus nombreuses, ancienneté oblige, pour m'offrir en douce décollages et atterrissages clandestins. J'ai traversé cette période de « consolidation » avec ironie et cynisme, ravie d'avoir trouvé la combine, mon ego tout regonflé d'être capable de flouer un système pourtant très étudié. Je me croyais la reine du monde ; je n'étais que la reine des imbéciles...

Je me suis même offert une petite rechute qui, comme la première, a été épongée avec bienveillance. Pourquoi ? Je n'en sais rien. Peut-être étions-nous, pour le château au prix de journée si élevé, des poules aux œufs d'or dont ils n'avaient pas intérêt à se débarrasser...

Quand j'ai eu terminé la dernière semaine de mes trois mois de consolidation, il était temps que je m'en aille : si personne n'était au courant de la manière dont je passais mes week-ends, la plupart des patients avaient assez mal pris mes réintégrations successives. Les malades alcooliques qui essaient de s'en sortir haïssent ceux qui n'y arrivent pas et qui ont l'outrecuidance de ne pas respecter les règles dans lesquelles eux mettent tous leurs espoirs. Je les comprends. C'étaient eux, les vrais courageux. Ce que je prenais pour mon exploit n'était qu'une preuve de ma stupidité. La vraie intelligence, c'est de tout faire pour s'en sortir, au lieu de déployer des ruses insensées pour passer à travers les mailles du filet censé nous sauver...

Le climat s'était beaucoup dégradé autour de moi. Ma voisine était rentrée chez elle, et Manfred aussi. Ma cour ne comptait plus personne... Maman est venue de Lyon exprès pour me chercher et passer avec moi les premiers jours de ma nouvelle vie, en attendant le retour de Martin. Elle était confiante : depuis six mois, je m'étais bien gardée de l'appeler lors de mes incartades, elle n'avait donc pas décelé la moindre trace d'alcool dans ma voix. Martin lui avait tu mes deux rechutes ; elle était sûre que j'étais guérie.

Nous avions rendez-vous à Francfort, dans un salon de thé. Quand je me suis assise en face d'elle, elle a compris que j'avais bu : j'avais acheté une ou deux bouteilles en partant, et profité du trajet en train pour me désaltérer. J'ai vu le monde s'écrouler dans son regard. Nous avons pris un taxi pour rentrer chez moi, et elle s'est ruée sur le téléphone. En une heure, tout le monde était au courant : Martin, mon père, mon frère et les médecins du château à qui, bien évidemment, ils allaient faire un procès puisque tout était de leur faute.

Cette ébullition si familière a fini de me conforter dans mon opinion : le seul vrai problème qui se posait à moi, c'était de ne pas pouvoir me laisser porter tranquillement par l'alcool, et de devoir supporter tout ce cirque que tout le monde faisait autour de la désintoxication. Sous les yeux de ma mère, et au milieu de ses hurlements impuissants, j'ai immédiatement repris mon existence d'alcoolique. Ma voisine de chambre avait raison : c'était chiant, la vie. À mourir.

Il a fallu que je retourne au boulot. J'ai cru, les premiers jours, pouvoir appliquer la méthode de mes dernières semaines : à jeun du lundi au vendredi, et puis petit voyage minutieusement calculé samedi et dimanche, pour pouvoir être à nouveau d'attaque le lundi matin. Ça n'a pas marché, évidemment. Pendant mon absence, ils avaient changé de système informatique. Je savais que je devais absolument m'y mettre, mais je n'y arrivais pas ; je n'étais plus capable d'apprendre quoi que ce soit de si nouveau et de si compliqué. En fait, je n'étais plus capable de grand-chose... La pression était tellement forte que j'avais besoin de boire pour ne pas flancher. En quelques jours, j'ai récupéré mon taux d'alcoolémie « de confort ». Mes collègues m'ont vue réintégrer le bureau d'un très mauvais œil, imbibée et incapable de me réadapter.

À la maison, Martin a jeté l'éponge. Quand il revenait de vol, il allait chercher au supermarché des caisses de bière et de whisky, qu'il déposait dans le garage. À peine un « Amuse-toi bien, moi, je me tire », et puis il s'en allait courir. Nager. Ramer. Il passait tout son temps libre à faire du sport, pour ne pas être à la maison et ne pas avoir à supporter la vie que je lui faisais mener. Nous nous sommes mis à faire chambre à part. J'avais un sommeil agité et puant. Je suais l'alcool. Tout, autour de moi, était imprégné de cette odeur tenace : les draps, les vêtements, la peau, les cheveux…

C'est à cette période que j'ai dû commencer à me relever plusieurs fois par nuit pour boire un peu…

Il n'a pas fallu longtemps ; quelques semaines, sans doute, jusqu'à ma nouvelle overdose. Un matin, au bureau. J'étais arrivée avec deux heures de retard, au moins. Incapable de rien faire, comme d'habitude. Et puis je me suis effondrée.

Pompiers, ambulance, retour à l'unité de sevrage, attachée sur mon lit au milieu des clochards. Chaque fois un peu plus dur, chaque fois un peu plus long. Désormais, il me fallait quinze jours, au moins, pour récupérer. Sauf si Martin avait accepté, comme je le suppliais de le faire, de signer une décharge pour me sortir de là un peu plus tôt et me ramener à la maison. C'était sa dernière résistance : il refusait de signer. Pour le reste, il avait renoncé. Je n'ai même pas eu besoin de lui demander de s'arrêter au café, sur la route du retour, le jour où il est venu me chercher. Il s'est garé sans un mot devant la vitrine. Il savait que de toute façon, avec ou sans son consentement, je trouverais comment noyer dans l'alcool les images horribles de l'épreuve que je venais de traverser.

J'ai été convoquée, une fois encore, chez le serrurier. Il m'a expliqué que j'avais brûlé toutes mes cartouches, à part une : la cure de consolidation. Trois derniers mois, pas un de plus, pour inverser la vapeur. Au terme de quoi l'entreprise considérerait qu'elle n'avait plus aucune solution à me proposer, et se verrait dans l'obligation de se séparer de moi, comme elle – et mon mari aussi, d'ailleurs, il lui avait bien dit – aurait dû le faire depuis longtemps. Et, puisqu'on ne remet pas en cause un système qui a si bien fait ses preuves, mutuelle et Sécu sont d'accord pour m'offrir ces trois mois de la dernière chance... au château ! Pourquoi changer une équipe qui gagne ?

Mon retour n'a pas été très glorieux... Plus question de la jolie chambre dans le joli bâtiment principal. J'ai été reléguée au fond du jardin, dans la section beaucoup moins chic réservée aux alcooliques. Les purs, les durs. En guise de cérémonie d'accueil, j'ai eu droit à la « fête annuelle », une sorte de célébration très pédagogique qui réunit les anciens venus raconter comment, finalement, ils s'en sont sortis. Et ponctuée d'une minute de silence pour penser à tous ceux qui n'ont pas réussi. C'est ainsi que j'ai appris avec chagrin et terreur la mort de mon ancienne voisine si drôle. Et celle de Manfred. C'était donc ça qui m'attendait : la mort, noyée dans l'alcool. Mais quand ?

La population du pavillon « alcoolos » était à l'image de ce qui nous y réunissait : déséquilibrée, déglinguée, désespérée. Je partageais ma chambre avec deux ivrognes de première catégorie qui n'avaient pas eu la chance, elles, d'avoir un mari sympa et aisé. Des femmes à la dérive, comme moi, mais multidivorcées, des enfants placés un peu partout, des compagnons encore plus minables qu'elles... Je partageais leur chambre, mais je refusais absolument de voir une quelconque ressemblance entre ces pauvres filles et moi. Je les couvrais de mon mépris ; elles me le rendaient au centuple, haineuses de mon arrogance de petite-bourgeoise, jalouses de ma garde-robe, de mes livres, de mon vernis culturel que j'étalais avec ostentation sans me rendre compte qu'il était, finalement, aussi écaillé et pitoyable que leur vernis à ongles...

Finies, les vacances au château. Ces trois mois de « consolidation » ont été une lente et sordide descente vers un avenir inéluctable. Je me suis offert une rechute magistrale, qui m'a évidemment été pardonnée, une fois encore. Une fois de trop : cette clémence exceptionnelle a déchaîné la haine de mes voisines de chambre. J'ai fini mon séjour comme on purge une peine de prison, en comptant les heures qui me séparaient de la délivrance.

Et puis j'ai enfin pu rentrer chez moi, pour boire tranquillement.

Je ne suis même pas retournée au bureau. Les prédictions du serrurier se sont réalisées : le jour de mes quarante ans, dix ans jour pour jour après avoir été acceptée comme hôtesse de l'air en pensant qu'une carrière sans nuages s'ouvrait enfin à moi dans l'aéronautique, j'ai été définitivement renvoyée, pour absentéisme injustifié.

Évidemment, j'ai arrosé ça copieusement.

J'avais quarante ans. Pas d'enfants. Plus de métier. Pas d'avenir. Il fallait absolument que je trouve quoi faire de ma vie. J'ai cherché les réponses au fond de mes bouteilles, persuadée que ça m'aidait à réfléchir. Mais, finalement, la solution est venue d'ailleurs, un matin, par téléphone.

— Bonjour, madame. Je travaille à l'agence pour l'emploi. Je me permets de vous appeler pour vous informer que nous venons d'ouvrir une section spéciale réservée aux personnes détentrices d'un diplôme universitaire. D'après nos informations, c'est votre cas.

— Oui, en effet, j'ai des diplômes, mais ils sont français. Ça compte quand même ?

— Bien sûr. Ce qui importe, c'est votre niveau supérieur d'instruction. Seriez-vous intéressée par une formation professionnelle adaptée à votre parcours ?

— Oui, tout à fait, je...

— Eh bien, le mieux serait que nous prenions rendez-vous pour évaluer ce dont vous pourriez bénéficier.

J'ai choisi une date un peu lointaine, pour avoir le temps de m'y préparer. Je me suis sevrée, petit à petit, comme j'ai toujours su le faire en cas de nécessité, et je me suis rendue à ce rendez-vous providentiel qui me permettrait enfin, peut-être, sûrement, de trouver un nouveau souffle et surtout un projet auquel me raccrocher pour donner un sens, une direction, une impulsion à mon existence.

Le projet était prometteur, et présenté avec enthousiasme. Je m'y suis accrochée. Il s'agissait de valider mes acquis et de les compléter pour obtenir un diplôme de manager en tourisme. « Diplôme », « manager », « tourisme » : c'est tout moi, ça ! Je me suis inscrite en y croyant vraiment et je me suis mise à bosser. À jeun, et avec foi.

C'était beaucoup de travail, en allemand de surcroît, ce qui accentuait encore la difficulté. Pas facile, quand on a arrêté d'apprendre pendant dix ans, et qu'on a un cerveau attaqué par vingt ans d'alcoolisme, de recommencer à étudier. À mémoriser. À découvrir et à comprendre des matières qui vous sont totalement étrangères, dans une langue qui n'est pas la vôtre. Mais j'étais motivée, aiguillonnée par le défi que je m'étais fixé, et récompensée par d'excellents résultats, qui me faisaient à nouveau sortir du lot. J'étais « la meilleure de la classe », et ça me gonflait d'orgueil, exactement comme quand j'avais huit ans ! J'avais le même trac, aussi, avant chaque annonce de résultat, comme si c'était ma vie qui était en jeu. C'était ma vie qui était en jeu : qu'est-ce que je devenais, moi, si je ratais aussi ça ?

Martin observait mes efforts et mes progrès avec perplexité. Il avait vraiment envie d'y croire, mais il n'osait plus. Maman, elle, scrutait ma voix au téléphone pour y détecter le moindre signal de rechute.

J'ai tenu quelques mois, à un rythme épuisant : je devais me lever à 5 heures du matin pour arriver à 8 heures à l'école, après avoir passé plus de deux heures dans les transports en commun. Je n'étais ni heureuse ni malheureuse ; je ne me posais pas la question. J'avais un but à atteindre, des unités de valeur à valider, les unes après les autres, pour obtenir ce diplôme. Et, comme un moteur, le rêve d'une vie sociale présentable que je pourrais afficher sans avoir honte. Je me voyais très bien expliquer « je suis responsable de cet hôtel », ou bien « je dirige cette agence, c'est passionnant ».

Mais un jour, une amie décide de se marier, à Nice. Je sais exactement pourquoi j'y vais : ça fait des semaines que je travaille d'arrache-pied en me privant de tout. J'ai décidé de m'offrir une petite récompense. Martin m'accompagne à Lyon, où nous retrouvons une partie des convives pour prendre ensemble le car spécial que les mariés ont affrété pour nous emmener jusqu'à destination. Ils ont bien fait les choses : champagne et petits-fours, dès 10 heures du matin, pour rendre le voyage moins fastidieux. Je m'envole *illico*, sous l'œil désespéré, mais pas du tout étonné, de mon mari. Je crois que je n'ai même pas pu assister à la cérémonie, et que j'étais si soûle qu'il a dû me confiner dans ma chambre d'hôtel pour que je ne gâche pas la fête.

C'était reparti pour une descente aux enfers. Les premières semaines, je me suis tenue à peu près. Je dosais, je composais, je maîtrisais, en essayant de me convaincre que c'était tenable, cette fois-ci. J'allais en cours avec application, en m'offrant une petite pause-vodka toutes les deux heures, histoire de garder le rythme. J'ai appris mes cours sans faillir, en découvrant que, bien dosé, l'alcool m'aidait plutôt à affronter efficacement ces journées harassantes. Mais je me couchais quand même chaque soir complètement ivre, jusqu'au réveil très matinal du lendemain.

J'ai tenu jusqu'à l'unité de valeur sur les bilans comptables. Et là, tout à coup, catastrophe : je n'y comprenais rien. Le prof, qui m'avait à la bonne, avait beau essayer par tous les moyens de me faire entrer dans la logique d'une comptabilité, je n'arrivais à rien. J'étais comme devant un mur infranchissable.

Je ne me souviens plus du tout de ce qui s'est passé. Je suppose que Martin, en rotation je ne sais où, a essayé en vain de me contacter, jusqu'à devenir très, très inquiet, et qu'il a fini par appeler les voisins pour qu'ils aillent voir si tout allait bien. À moins que ce ne soient eux qui, de leur propre initiative, et sachant que j'étais seule chez moi, aient fini par s'inquiéter de ne pas me voir sortir de la maison ou d'entendre le chat hurler de faim. Je sais que, finalement, ce sont eux qui m'ont trouvée, à la cave, en train de mourir étouffée dans mes propres déjections. J'avais noyé mon incapacité comptable et l'angoisse dans laquelle elle me plongeait jusqu'à provoquer une grave overdose éthylique.

Pompiers, ambulance, unité des clochards, sanglée sur mon lit, comme à chaque fois. Pire à chaque fois. Une dizaine de jours pour reprendre conscience, une dizaine d'autres pour reprendre pied, et la terreur absolue de la sentence : ils ne me reprendront pas. Je vais être virée de l'école comme j'ai été virée de partout. Et je vais finir ici, avec les clochards...

Ils ne m'ont pas renvoyée. J'en ai été à la fois soulagée et dépitée : j'ai commencé à me demander, à la lueur de l'événement, si cette école était bien une vraie école. Ou bien plutôt un dépotoir, un purgatoire, un déversoir de causes perdues dont plus personne ne savait quoi faire. Ce genre de « dispositifs de formation » annoncés à grands frais par les services concernés pour justifier de leur existence et proposer des fausses solutions aux gens à qui on n'a plus rien à proposer. Ce diplôme dont je rêvais tant ne valait sans doute rien. Il ne m'ouvrirait vraisemblablement jamais aucune porte...

La responsable de la formation a accepté sans difficulté que je poursuive quand même, en me dispensant de l'unité de valeur « bilan comptable ». J'ai donc pu attaquer le module suivant : « maîtrise de l'outil informatique ». Exactement ce qu'il fallait pour finir de m'achever. La panique des dernières semaines au bureau, passées à essayer de comprendre comment marchait le nouveau logiciel, m'a sauté à la gorge dès les premiers travaux pratiques. J'ai perdu les pédales en quelques jours à peine. Et j'ai replongé, encore un peu plus loin. Cette fois-ci, j'ai fait l'overdose à l'école, au milieu des ordinateurs.

Je voulais avoir ce diplôme, même incomplet. En sortant du sevrage, j'ai décidé de tenir, coûte que coûte. J'ai laissé passer le module d'informatique, et puis je suis retournée en cours pour les six derniers mois de « technique manageriale ». J'ai travaillé comme une folle, et obtenu des résultats mirobolants. J'étais fière de moi, j'ai relevé la tête. Mes camarades de classe étaient avocats, cadres supérieurs, et ils réussissaient moins bien que moi, la petite hôtesse de l'air. Je jubilais. Je revivais. J'étais sûre que je m'en sortais.

J'ai obtenu le diplôme, amputé des deux unités que j'avais abandonnées. Ça n'a rien changé aux yeux des éventuels employeurs que je suis allée démarcher : de toute façon, il ne valait rien. Je me souviens du regard un peu gêné de la dame de chez Manpower, qui cherchait ses mots pour m'expliquer que, vu mon *curriculum vitae*, elle ne voyait pas du tout, du tout quoi me proposer, ni vers où m'aiguiller.

Je me suis remise à boire, évidemment. Modérément, pour être capable de me présenter aux rendez-vous que j'arrivais à décrocher, mais suffisamment pour me sentir flotter et trouver la vie à peu près supportable. C'est en sortant d'une énième entrevue humiliante, que la directrice des ressources humaines d'un grand groupe hôtelier avait conclue d'un dédaigneux : « Je vois que vous avez une formation de la Sorbonne. Essayez d'enseigner le français, peut-être ? », que j'ai eu l'illumination. Bien sûr, elle avait raison ! Prof de français ! Mais pas pour les minables, les petits, les débutants. Non ! Prof de français pour les cadres supérieurs, les banquiers, les avocats ; les passagers de première classe à qui j'avais servi l'apéro en souriant pendant tant d'années. Je saurais me les mettre dans la poche. Je saurais les séduire et les intéresser. J'allais leur en mettre plein les yeux ; sortir du lot ; devenir la prof la plus formidable et irrésistible qui ait jamais existé.

Je suis devenue prof. C'était une bonne idée : grâce à mon CV parfaitement adapté, en quelques semaines à peine, j'ai décroché une mission dans l'une des plus grosses banques de Francfort. Objectif : proposer à quelques dirigeants des cours individuels de vocabulaire et de conversation, dispensés dans leur bureau, entre deux rendez-vous, le temps d'une heure gagnée sur leur emploi du temps surchargé.

En utilisant ma vidéothèque de cinéma français et ma bibliothèque de classiques, j'ai inventé pour eux une pédagogie aux petits oignons, à la fois ludique et haut perchée. Je voulais que l'heure passée en ma compagnie soit comme une délicieuse récréation, hyperefficace, qu'ils attendent avec impatience. En quelques jours, la banque est devenue ma nouvelle obsession. Il fallait que je les épate, que je leur montre à quel point, moi aussi, j'étais capable de réussir. La perspective d'être admirée et appréciée, attendue, désirée par des gens d'un tel niveau me mettait quasiment en transe. Et mon cerveau malade d'alcoolique a transformé la bonne idée en une sorte de démence, maîtrisée, mais qui ne demandait qu'à exploser.

Ma folie m'a donné des ailes. Je me suis très vite construit un personnage et une réputation à la hauteur de mes ambitions : ils m'adoraient, et me réclamaient ! Tous voulaient améliorer leur niveau avec la petite Française rigolote et délurée, habillée avec chic et toujours une petite touche de fantaisie un peu sexy, qui faisait faire, si vite, de si gros progrès. Je débarquais dans leur bureau le matin, souvent très tôt, fraîche et joyeuse. À jeun, bien sûr ; pas question de me présenter à eux dans un état non maîtrisé. Une fois ma tâche matinale accomplie, j'avais tout l'après-midi pour boire, et toute la soirée pour dessoûler. L'agence pour laquelle je travaillais était ravie. Moi aussi ; je me suis même offert le luxe de sélectionner mes élèves pour ne garder que mes préférés. J'ai éliminé les femmes. Elles me rendaient cinglée de jalousie, avec leurs tailleurs haute couture, leurs bijoux de créateurs, la photo de leur mari et de leurs enfants dans un cadre *high-tech* posé sur le bureau, et cette supériorité arrogante de celles qui ont réussi.

Moi, ceux qui me plaisaient, c'étaient les hommes timides, presque inconscients de leur puissance, qui exerçaient leur pouvoir avec fermeté et discrétion. J'ai décidé que j'en voulais un, rien que pour moi. Un patron, à qui je prendrais son pouvoir. Un capitaine de la finance pour remplacer les commandants de bord de mes années long-courrier. Une passion folle et sulfureuse, qui mettrait dans ma vie la fureur et le suspense dont elle manquait si cruellement.

J'ai choisi Hans W., charmant et enthousiaste, travailleur acharné modestement hissé en haut de la hiérarchie, qui n'arrêtait pas de me parler de sa femme et de ses enfants. J'avais rendez-vous avec lui deux fois par semaine, très tôt avant que sa journée commence, la plupart du temps en tête à tête dans son bureau. Je lui apportais des livres, des cassettes vidéo de beaux films français. Il adorait mes cours, et je n'ai pas dû me forcer beaucoup pour en déduire qu'il m'adorait, moi aussi. J'ai fabriqué mon désir autour de cette idée. Je l'ai alimenté, soigné, enrichi, fait grandir. J'ai rêvé des jours et des jours la manière dont j'allais donner le coup d'envoi à notre histoire magnifique, et comment elle nous enverrait valser dans les étoiles.

Je n'étais pas du tout amoureuse de Hans W. ; je le voulais. Le posséder, et qu'il me possède, pour me propulser par ce biais au sommet de la hiérarchie de cette banque prestigieuse. Lui faire découvrir tout ce que son épouse, forcément plate et ennuyeuse, ne lui avait jamais permis d'imaginer. Être la femme providentielle, miraculeuse, extraordinaire, qui allait bouleverser sa vie en y mettant le strass, les paillettes et les feux d'artifice dont elle ne pouvait que manquer. Lui ouvrir la porte de mon royaume enchanté : l'univers de la passion dévastatrice.

Quand je l'ai senti mûr, je suis passée à l'action. Le jour J, j'avais tout préparé. Choisi un tailleur nettement plus court, sur un body très décolleté. Chargé un peu mon maquillage, sélectionné avec soin un parfum capiteux, et mes talons les plus vertigineux. Et, pour me transformer en bombe atomique, attaqué mon petit déjeuner à la vodka, comme il se doit. Beaucoup de vodka.

Je me souviens d'avoir monté les escaliers qui menaient à son bureau avec excitation et impatience. Il allait en prendre plein les mirettes. Il ne le savait pas encore, mais j'allais lui offrir, sans doute, un des plus beaux jours de sa vie ! Quand j'ai franchi la porte, je ne sais pas s'il a senti quelque chose de spécial et de différent des autres jours, à part mon parfum. Mais j'étais persuadée que oui.

— Bonjour, Hans. Venez vous asseoir à côté de moi, j'ai quelque chose de très important à vous dire.

Il a obtempéré, l'air surpris mais pas du tout inquiet.

— Voilà. Ça va peut-être vous sembler un peu abrupt, mais je ne peux plus me taire. Je suis tellement amoureuse de vous que ça n'est plus supportable. Je vous veux, Hans. Mon désir me rend folle...

Il a reculé sa chaise comme un animal surpris. Il était blême, sidéré. Totalement désarmé. J'étais absolument certaine qu'il allait me déclarer son amour dévastateur avant de se jeter sur moi.

— Mais ça n'est pas possible, vous savez bien que je suis marié, et père de famille...

— Rien n'arrête une passion, vous verrez.

— Le mieux est que vous ne veniez plus. Je ne souhaite plus prendre de cours avec vous.

La surprise avait laissé place à l'affolement. La vodka brouillait ma perception, mais je sentais quand même sa panique, et même peut-être un peu de dégoût.

— Je vais appeler l'école pour demander un autre professeur.

Il a quitté la pièce. Je ne savais plus quoi faire. Je n'y comprenais rien. Comment avait-il pu me refuser ? Résister à l'appel irrésistible de moi offerte à lui ? Pour qui se prenait-il ? Pour qui me prenait-il ? Avais-je à ce point vieilli ? Et si je n'avais même plus ça, il me restait quoi ?

J'en ai choisi un autre. Puis un autre. Puis encore un autre. Mais aucun ne m'a cédé. Les banquiers allemands de la haute finance sont des gens élégants : ils ne parlent pas de ces choses-là, entre eux. Mon petit jeu a pu durer des mois et des mois sans que ma réputation s'en trouve mise à mal. Tout juste devaient-ils penser que la petite Française était un peu déjantée, comme souvent les Français. Et qu'il n'était pas impossible que j'abuse un peu de la cocaïne qui circulait dans les beaux quartiers de Francfort...

Je sentais que je perdais pied. Je n'avais personne à qui en parler, à part Martin, mon doux Martin, qui se laissait poignarder par mes confidences sans savoir quoi dire ni quoi faire.

— Je ne comprends pas, ils ne veulent pas de moi...

— Mais pourquoi tu fais ça ?

— Je ne sais pas, Martin. C'est la vie, la séduction, le pouvoir, les rapports humains. Ça me fascine, je veux comprendre. Ces hommes sont si particuliers...

— C'est n'importe quoi... Tu es malade, il faudrait plutôt que tu acceptes de te soigner.

— Mais tu n'es pas jaloux ?

Il n'était pas jaloux, il était désarmé, et désespéré.

Je sentais que toute ma vie était de nouveau en train de m'échapper. J'avais de plus en plus de mal à rester à jeun pour les cours. Et mon comportement avec les hommes semblait comme déréglé, affolé, frénétique. Je me suis dit que j'allais perdre aussi ça : l'école qui m'envoyait en mission dans les banques allait finir par se rendre compte que je faisais n'importe quoi. Je m'en suis ouverte un jour à la directrice, avec qui j'entretenais des rapports plus que cordiaux.

— Vous savez, j'ai un gros problème avec l'alcool.

— Mais non, ça n'est pas un problème d'alcool. C'est un problème psychique. Vous n'avez pas une vie très facile, et vous avez du mal à supporter les absences de votre mari.

Personne ne m'entendait. Je hurlais, mais personne ne m'entendait...

À la banque, on m'a demandé d'intervenir dans un groupe de six ou sept personnes, hommes et femmes. Parmi eux, Dieter M., la soixantaine magnifique, beau regard ténébreux, distinction tranquille. J'ai été foudroyée. Je me suis mise à ne plus penser qu'à lui, jour et nuit. Mais comment passer à l'action alors que nous n'étions jamais seuls tous les deux ? J'ai fini par trouver la solution.

Un matin où j'avais cours avec ce groupe, j'ai revêtu mon habit de lumière et je suis arrivée très en avance, pour me concentrer sur mon programme du jour. Ils sont entrés dans la salle de réunion tous ensemble, comme d'habitude. Ils se sont assis. Dieter M. était là, juste en face de moi. J'ai fait mon cours, comme d'habitude. Et, au moment de terminer, je me suis tournée vers ses collègues.

— Vous ne trouvez pas que Dieter est vraiment très beau ?

Étonnement, léger malaise. Hésitation entre l'amusement et la gêne.

— En tout cas, moi, je le trouve très beau. Et j'ai très envie de coucher avec lui, depuis très longtemps. Je voulais que vous le sachiez...

Ils se sont tous levés, embarrassés, et ont quitté la pièce, petit sourire en coin. Sauf Dieter, qui s'est approché de moi.

— Vous ne voulez pas qu'on aille parler de tout ça en buvant un verre ?

Nous sommes allés dans une brasserie, pas loin. Il était très gentil. Nous avons parlé de tout et de rien : de sa femme, qu'il aimait ; de ma vie d'hôtesse de l'air ; de sa vie de banquier... J'avais l'impression que je lui plaisais, mais qu'il ne franchirait pas le pas. J'avais bu avant le cours, juste ce qu'il fallait pour maîtriser. Un verre avec Dieter ; puis un deuxième ; je crois que c'est le troisième qui m'a fait basculer. Je suis allée aux toilettes me remaquiller. Je me suis fait une belle bouche bien rouge et pleine de strass. Et puis je suis revenue à notre table, je me suis penchée vers lui et je l'ai embrassé goulûment, à pleine bouche, devant tout le monde. Il m'a repoussée doucement. Il était tout barbouillé de mon rouge à lèvres pailleté. Il n'a rien dit. Seulement sorti un billet de sa poche qu'il a posé sur la table pour payer les consommations. Et puis il est parti.

J'aurais voulu mourir.

Quelques jours plus tard, je suis tombée dans le grand escalier d'apparat de la banque. On s'est précipité pour s'occuper de moi. On m'a donné une chaise, un verre d'eau. On a appelé une ambulance pour m'envoyer aux urgences. Tout le monde a été aux petits soins pour moi.

Les urgences, c'est beaucoup mieux que l'unité de sevrage. Pas de violence, pas de reproches, de la douceur et de la prévention. Ça m'a fait du bien.

J'ai commencé à tomber, volontairement. Pour qu'on m'entende, pour qu'on s'occupe de moi autrement qu'en m'attachant à un lit au milieu des hurlements. Pour qu'on comprenne que j'étais malade, et que j'avais besoin d'aide.

Petit à petit, j'ai lâché les cours. Je n'avais plus envie, je n'y arrivais plus. Ma vie s'est rétrécie jusqu'à rester chez moi. À boire de plus en plus, en attendant Martin. J'avais donné mon numéro de téléphone à quelques codétenus du château. Certains sont venus s'engloutir avec moi. Un jour, en revenant de vol, Martin a trouvé un homme et son chien installés dans le salon. C'était un ancien de là-bas. Il l'a fichu à la porte.

J'étais arrivée au bout de mon voyage. J'étais en train de mourir.

Je ne me souviens de presque rien.

Un brouillard, un enfer. Je dormais trois heures, et puis je me réveillais, en pleine nuit. En manque. Douleur insupportable, urgence absolue de donner à mon corps ce dont il a besoin pour se taire à nouveau. Sauf que je ne peux pas : pour pouvoir ingurgiter la moindre goutte de liquide, il faut d'abord remettre le mécanisme en route, et régurgiter ce que j'ai bu avant de m'endormir.

Se traîner jusqu'aux toilettes, devant la télé qui gueule. À quatre pattes, comme un animal. Au milieu des bouteilles vides, des boîtes de gâteaux, des journaux, des vêtements que Martin rangera quand il reviendra. S'il revient. Ignorer le chat qui hurle de faim, je l'entends, mais je ne sais pas quoi faire pour lui. Je ne sais même plus où est le frigo. Avancer vers mon objectif, les toilettes puantes que je ne sens pas puer, souillées déjà de mon dernier réveil. Et de celui d'avant. Et de celui d'encore avant.

Je tremble. Violemment, de la tête aux pieds, et chaque parcelle de moi.

Cheveux baveux dans la cuvette, doigts dans la bouche, rien ne vient. Toute ma vie est suspendue ici dans cet instant sans fin où rien ne vient. C'est la seule chose qui m'intéresse. Le seul élan possible : dégueuler pour pouvoir avaler, encore, les quelques gorgées de whisky qui vont calmer le manque. La bouteille m'attend là, à côté du balai.

Le nez dans les chiottes, les doigts dans la gorge, j'attends la délivrance. Un quart d'heure, une demi-heure ; longtemps. Quand elle vient, c'est comme un écartèlement. Spasmes, immondices, souffrance électrique. Je m'en fous. Je vais pouvoir boire.

Il faut encore de longues minutes – dix, quinze peut-être – pour que mes mains qui tremblent arrivent à saisir la bouteille. À la porter jusqu'à ma bouche. À brancher enfin le goulot sur mes lèvres pour que je puisse téter. Pas beaucoup, juste de quoi calmer le hurlement. Repartir vers le canapé. Sentir un léger mieux, m'assoupir, un peu. Je passerai les prochaines heures dans ce demi-sommeil, à remonter lentement, une gorgée après l'autre, vers la surface glauque du supportable. Quatre, cinq heures avant de pouvoir repartir vers mon bel horizon. Changer de chaîne, nourrir le chat, grignoter un gâteau ou un morceau de fromage.

Et boire enfin. Non plus gorgée par gorgée, comme un médicament, mais de tout mon soûl. À grandes lampées brûlantes, sentir ma gorge se déchirer sous l'effet de l'alcool, et la vague envahir ma poitrine. Voir le monde redevenir beau et lumineux. Sentir les frontières exploser. Voler ! Être au-dessus, ailleurs, loin de tout et de tous. Là où la vie est belle, scintillante, drôle, comme moi.

Plus rien ne me retient ni ne me pèse. Je suis bien.

Quelques secondes, peut-être ? Quelques minutes ? Le temps n'existe plus. Remplie de mes deux ou trois litres de whisky ou de gin quotidiens, je m'endors à nouveau, comme on s'absente, au milieu des détritus qui jonchent le salon, devant la télé qui diffuse des dessins animés. Assommée, maculée, défaite, ivre morte. Tranquille.

Dans quelques heures, vers le petit matin, je me réveillerai à nouveau pour vomir, puis boire, puis dormir. Ou alors, finalement, peut-être que je ne me réveillerai pas. Peu importe ; de toute façon, je ne me souviendrai de presque rien…

Martin revenait, toujours. Il me lavait, me soignait, me couchait. Changeait les draps, faisait le lit, rangeait, nettoyait et aérait la maison, transformée en cloaque – à quelle femme de ménage aurait-il osé offrir un tel spectacle ? Il remplissait le frigo de nourriture pour moi et pour le chat, stockait des caisses et des caisses de bouteilles dans le garage pour que je ne prenne pas le risque de me jeter sous une voiture en allant chercher ma dose. Et puis il repartait pour une nouvelle rotation.

Ses absences étaient terribles, pour lui. Il ne savait jamais si j'étais vivante ou morte. La plupart du temps, je ne répondais plus au téléphone, parce que je ne l'entendais pas, ou que je ne le trouvais pas. Il avait renoncé aussi, depuis longtemps, à communiquer avec moi par e-mail : je ne savais plus me servir de l'ordinateur. J'oubliais de l'allumer ou de l'éteindre. J'appuyais sur le mauvais bouton et tout s'effaçait...

Quand par hasard il n'y avait plus de bouteilles, je sortais. Les gens du voisinage avaient pris l'habitude. Les flics aussi : ils me ramassaient au bord de la route, complètement rétamée, et m'emmenaient au service de sevrage le plus proche. On m'attachait, on me sevrait. Dès qu'on me détachait, je n'avais qu'une idée : m'enfuir. Je ne sais pas de combien d'hôpitaux je me suis enfuie, durant cette période. L'évasion était comme un ultime plaisir ; le seul qui me restait. On me rattrapait, et on finissait toujours par me relâcher, en sachant que je reviendrais bientôt.

La Sécurité sociale a commencé à s'impatienter. Mes hospitalisations répétées coûtaient une fortune à la collectivité. Ils ont exigé de Martin qu'il m'emmène consulter. Je refusais, absolument.

C'est ma mère qui a fini par me convaincre : elle avait dégoté dans la famille une lointaine cousine, « une femme brillante et formidable » – tout le contraire de moi – qui s'était, paraît-il, spécialisée en alcoologie. Toute la famille était d'accord sur la question : la cousine lointaine de Cologne, c'était LA solution. Si tout le monde était d'accord, il y avait peut-être une chance qu'ils aient raison ?

Je ne voulais plus retourner à l'hôpital. J'ai demandé à mon mari de m'aider à me sevrer, à froid. Nous n'avions jamais fait une telle traversée ensemble. Il m'a accompagnée comme personne ne m'avait jamais accompagnée. Avec attention, patience, tendresse. Amour...

Infinie douleur, recroquevillée dans notre lit, pendant des heures et des heures. Des jours et des jours. Violent désert, vertiges, enfer. Une angoisse indescriptible. La main de Martin à qui je demande de me serrer très très fort, pour m'empêcher de glisser. Sa voix douce qui me dit de respirer pendant que je suis en train de mourir, interminablement...

Il m'a fallu presque trois semaines pour dessoûler, me relever, tenir sur mes jambes, faire quelques pas sur la terrasse. Avoir de nouveau envie de manger. Recommencer à parler. Revenir, timidement, parmi les vivants... Et puis Martin m'a emmenée à Cologne, voir la cousine miraculeuse. Cabinet cossu, feutré, luxueux. Ça ne rapporte pas qu'aux marchands de bouteilles, l'alcoolisme. Elle m'a installée dans un fauteuil bien confortable, et elle m'a demandé de lui raconter mon « parcours ». Par où commencer ? Et que dire ? J'ai tiré un fil, au hasard, et je l'ai suivi. Je me suis perdue dans les dédales de ma vie ratée, où tout finit toujours par déraper, patiner, échouer. Pendant une heure, sans m'arrêter, j'ai parlé, parlé, parlé.

Ça devait être un très bon médecin, très à l'écoute de ses patients. À moins que ce ne soit notre lien familial qui l'ait rendue si réceptive. En tout cas, quand je me suis tue, je l'ai regardée bien droit dans les yeux et j'ai découvert qu'elle pleurait.

— C'est vraiment horrible, tout ce que tu as vécu... C'est une vie très très triste.

Ça m'a un peu surprise. Je n'ai jamais eu l'impression d'avoir eu une histoire particulièrement douloureuse. J'ai seulement été incapable d'encaisser le quart de ce que la plupart des humains ont à traverser, le temps d'une vie. Je me sentais si nulle et si coupable que j'étais un peu choquée qu'elle ait l'air si bouleversé.

— Bon, si tu veux, maintenant, je vais t'expliquer comment nous allons te soigner.

J'ai écouté d'une oreille sceptique, et presque distraite, une petite musique que j'avais déjà mille fois entendue dans la bouche de l'équipe du château. Il était question de groupes de parole et de sport, de relaxation et de séances individuelles.

— Pour la prochaine fois, tu me prépareras une petite carte sur laquelle tu auras noté au recto tout ce que tu trouves bon dans l'alcool, et au verso tout ce qui est mauvais pour toi.

J'avais déjà entendu cette chanson-là... Dans ce cabinet chic de Cologne, elle semblait à peine moins ridicule que dans la salle du château où avaient lieu les grand-messes thérapeutiques. Je supputais, déjà, que tout ça ne me mènerait pas bien loin...

— Quand tu reviendras, c'est mon infirmier qui te prendra en charge. Tu peux lui faire toute confiance et l'appeler si tu as la moindre question.

— Ton infirmier ? Je n'aurai pas affaire à toi ?

— Moi ou lui, c'est pareil. On travaille ensemble, et on forme une équipe très efficace, tu verras.

C'était tout vu, pour moi. Mais peut-être que je me trompais ? Ils avaient l'air si sûrs, tous, que c'était elle, ma solution miracle...

Nous sommes repartis sans ordonnance, mais avec une note d'honoraires faramineuse et un calendrier de réunions de groupes de parole digne d'un ministre. Je n'ai rien dit de mes doutes à Martin, ni à ma mère ; je voulais, vraiment, laisser une chance à leurs espérances...

J'avais rendez-vous quinze jours plus tard, à Cologne, avec le fameux infirmier. Pas une goutte d'alcool durant ce laps de temps, malgré l'épreuve répétée que constituait ma présence fidèle aux Alcooliques Anonymes, au moins trois fois par semaine. J'avais promis ; je tenais promesse. Mais je m'y ennuyais à mourir. Je détestais tous ces gens qui passaient des heures à se regarder le nombril en racontant comment la dernière panne de leur frigo avait été un drame tel pour eux qu'ils avaient craqué, et bu un petit verre pour évacuer le stress. Ou comment leur grand-oncle les avait violés quand ils étaient petits en les rendant alcooliques jusqu'à la fin de leur vie. Comment leurs enfants les rendaient fous, leur patron les brimait insupportablement, leur conjoint les méprisait, leurs voisins les persécutaient... Je n'ai jamais réussi à m'identifier à toutes leurs histoires, ni à avoir envie de leur raconter les miennes. Elles me semblaient aussi insignifiantes, anodines, sans intérêt, que celles de la plupart des gens. Moi, ce que j'aurais voulu, c'est qu'on m'explique pourquoi Van Gogh, Gauguin, Verlaine, Toulouse-Lautrec, Artaud, Hemingway, Gainsbourg et tant d'autres sublimes artistes avaient besoin d'alcool pour produire leurs chefs-d'œuvre. Et comment on pouvait s'évader de toutes les médiocrités que la vie nous imposait autrement que dans les vapeurs d'alcool...

Je me suis présentée au rendez-vous à Cologne, quinze jours plus tard. La cousine n'était pas là ; c'est le fameux infirmier qui m'a reçue. Une heure d'interrogatoire sur ma vie sexuelle. Il m'a bombardée de questions incroyablement intimes sur mes pratiques, mes amants, mes fantasmes, mes expériences, ma vie conjugale... J'ai répondu avec sincérité. Mais j'en suis sortie tellement troublée que j'ai à peine osé raconter à Martin. Il m'a rassurée, il était sûr que tout ça était pour mon bien.

— Mais tu ne t'imagines pas le nombre de questions tordues qu'il m'a posées !

— Il sait sûrement très bien ce qu'il fait...

— Ça avait l'air de drôlement l'intéresser.

— Ne vois pas le mal partout. Tu as bien remarqué, depuis toutes ces années, à quel point l'alcool peut être lié à la sexualité. Il y a forcément un sens à tout ça. Tu n'auras qu'à lui demander, la prochaine fois.

— C'est ce que je ferai. Et je n'ai pas longtemps à attendre : on doit revenir la semaine prochaine.

— On reviendra. Autant de fois qu'il le faudra.

La semaine d'après, toujours pas de cousine. Mais j'ai eu droit, après un petit complément de questionnaire sur quelques détails sexuels que nous avions omis d'évoquer lors de la dernière séance, à un cours très particulier du monsieur.

— Combien avez-vous bu, ces dernières vingt-quatre heures ?

— Je n'ai pas bu. J'ai arrêté depuis le premier rendez-vous avec le docteur, il y a un mois. C'est dur, mais je tiens le coup.

— C'est une très mauvaise idée d'attaquer la thérapie en état de manque. Vous ne devriez pas vous imposer cette frustration.

Tout à coup, ses méthodes thérapeutiques ont commencé à vivement m'intéresser...

— Ah bon ? Je peux boire alors ?

— Vous pouvez boire, mais raisonnablement. Je vais vous expliquer.

Il a sorti du tiroir de son bureau un invraisemblable schéma, avec un tableau d'équivalences, qui tenait compte du sexe, de la taille, de l'âge et du poids. Il m'en a expliqué l'utilisation. Je n'ai rien compris, mais j'ai retenu la seule information qui me concernait vraiment, immédiatement : selon ses calculs, j'avais droit à deux bouteilles de vin par jour. Rouge, rosé ou blanc, au choix !

Je suis sortie triomphale du cabinet, en brandissant sous le nez de Martin le tableau miraculeux qui me permettait de recommencer à picoler, avec la bénédiction de la Faculté. Il n'a rien dit, mais il a fait une drôle de tête. Nous avons repris l'avion pour Francfort. En rentrant de l'aéroport, avant d'arriver à la maison, il s'est arrêté dans une épicerie pour m'acheter du vin.

Évidemment, je n'ai pas tenu trois jours. Deux bouteilles de vin quotidiennes, dans un organisme qui avait l'habitude de carburer à cinq ou six litres d'alcool fort par jour, c'est juste suffisant pour remettre la machine en marche. Pas pour la rassasier. J'ai recommencé à cacher des bouteilles, partout, en espérant que Martin ne s'en rendrait pas compte. Trois semaines plus tard, pour notre troisième rendez-vous à Cologne, j'étais incapable d'envisager le temps du voyage avec Martin sans cacher dans mon sac de quoi calmer ma soif. Quand nous sommes arrivés au cabinet, j'étais ivre. L'infirmier avait à peine refermé la porte que j'ai déboutonné mon chemisier en m'approchant de lui.

— Puisque ça a l'air de tellement vous intéresser, ma sexualité, on pourrait faire un peu de pratique ? Je sais que vous en mourez d'envie...

— Mais il y a votre mari, dans la salle d'à côté.

— Osez prétendre que ça vous gêne ?

— C'est que je risque mon travail, moi...

Son seul scrupule, c'était ça : que Martin s'aperçoive de ce qui se passait derrière la porte, et qu'il en perde son boulot ! Il a repris contenance, fait deux pas en arrière, et déclaré d'un ton sentencieux :

— Je crois que vous n'êtes pas très en forme, aujourd'hui. Il vaudrait mieux que vous reveniez la semaine prochaine.

Je suis partie furieuse, en claquant la porte. Quand Martin a voulu le rencontrer pour comprendre ce qui s'était passé, je m'y suis violemment opposée. Je voulais rentrer à la maison, et boire tout mon soûl pour digérer l'affront.

À l'aéroport de Cologne, il n'a pas pu me contrôler : j'ai acheté plusieurs bouteilles pour arroser notre voyage de retour. Quand nous sommes arrivés à Francfort, j'avais tellement bu qu'il n'a pas pu me sortir tout seul de l'appareil. Il a dû demander une civière, et le concours du service médical de l'aéroport. Je les ai entendus envisager de m'envoyer en sevrage, à l'unité où je n'avais plus mis les pieds depuis longtemps.

— Pas là-bas, Martin. Je t'en supplie. Ne m'emmène pas là-bas. Je vais mourir si j'y retourne.

Il m'a ramenée à la maison.

C'est Martin qui s'est chargé de prévenir la famille – qui a immédiatement parlé de faire un procès, comme d'habitude - que sa branche médicale était très, très peu fiable. L'avenir l'a d'ailleurs confirmé : la cousine et son infirmier ont laissé tomber l'alcoologie. Maintenant, ils sont spécialisés dans le traitement des addictions aux jeux. C'est sans doute moins salissant...

J'ai glissé encore un peu plus bas. Mais quelque chose de profond avait changé, dans ma dégringolade : je n'étais plus seule. Mon mari ne s'était pas contenté de ne pas divorcer ; il ne m'avait jamais vraiment abandonnée, même s'il avait baissé les bras durant les dernières années, impuissant devant ma descente aux enfers. Mais depuis ce sevrage à froid que nous avions traversé ensemble, Martin était très présent pour moi. Il ne voulait plus me laisser seule à la maison pendant qu'il volait. Et comme il ne pouvait pas arrêter de voler, nous avons décidé que je voyagerais avec lui. C'était très courageux de sa part. Il prenait le risque tout à fait conscient d'exposer aux regards et aux commentaires de ses équipages la loque humaine que j'étais devenue. Martin était déjà comme ça quand je l'ai rencontré : libre et généreux, indifférent à l'opinion vénéneuse de ses contemporains. Lucide et courageux dans ses choix. Aimant...

Nous avons commencé à voyager ensemble. Lui dans le cockpit, et moi en première classe, choyée par l'équipage qui, finalement, devait surtout être touché par les malheurs de son commandant. Je ne me souviens pratiquement d'aucun voyage. À part du dernier peut-être. Francfort-Manille, treize heures de vol jusqu'aux Philippines. Treize heures à boire sans interruption, ce qu'on voulait bien me servir, et ce que je me servais toute seule, en le sortant de mon sac, pour ne pas avoir à réclamer et à déranger l'hôtesse. Quand je suis arrivée à destination, je ne savais plus où j'étais. Dans mon brouillard, je me souviens de m'être dit que ça suffisait, et qu'il était temps de mettre fin à tout ça.

Je pensais qu'il serait plus facile de mourir que d'arrêter de boire. Si je n'avais pas eu si peur de la mort, je serais morte ce jour-là, aux Philippines, dans les bras de mon mari.

En rentrant, Martin a été convoqué par la Sécurité sociale. Ils voulaient comprendre pourquoi ils dépensaient tant d'argent pour un résultat visiblement inexistant. Ils ont exigé que je me fasse suivre sérieusement, à défaut de quoi ils cesseraient tout remboursement de mes frais médicaux, y compris des frais d'hospitalisation d'urgence. Il a expliqué qu'il avait lui-même dépensé des fortunes pour trouver une solution, mais que je ne parvenais pas à rencontrer un thérapeute adapté et que toutes nos tentatives avaient échoué. Ils n'ont rien voulu savoir : c'était à nous de trouver une issue, au plus vite. Autrement, je ne serais plus couverte, un point c'est tout.

En rentrant à la maison, en désespoir de cause, il a cherché dans l'annuaire à qui il pourrait bien s'adresser. Il est tombé par hasard sur les coordonnées de Clara, un groupe d'entraide pour femmes en difficulté. Il a téléphoné, et on lui a donné un rendez-vous pour moi.

J'étais furieuse. Les groupes d'entraide, j'en avais soupé ; pas question d'y remettre les pieds. J'avais abandonné les Alcooliques Anonymes le jour où le responsable des réunions auxquelles je m'astreignais à continuer d'aller trois fois par semaine avait voulu me prouver son attachement en collant sa langue dans ma bouche. Ça m'avait définitivement convaincue de l'inefficacité absolue de leurs méthodes pour mon problème. Martin ne m'a pas laissé le choix : il m'a emmenée lui-même au rendez-vous chez Clara. Il avait obtenu que j'arrive à peu près dessoûlée, à la condition qu'une bouteille m'attende dans la voiture pour que je puisse me remettre à niveau dès que je serais sortie du traquenard. Je suis donc arrivée chez Clara furibarde, et persuadée de me retrouver une fois de plus nez à nez avec des bénévoles, très gentils mais très incompétents, qui me parleraient comme à une demeurée sans rien me proposer d'adapté à mon cas.

J'ai été accueillie par un petit bout de bonne femme d'une trentaine d'années, souriante et énergique, que rien ne semblait pouvoir démonter, pas même ma mauvaise humeur. Je lui ai déballé une version édulcorée et assez ironique de mon histoire, sur le thème « elle vous intéresse, l'alcoolo » ? Elle m'a écoutée sans m'interrompre, avant de me répondre très tranquillement :

— Je vois. Vous êtes en bout de course. Vous n'êtes pas obligée de me croire, mais ici, vous jouez vos dernières cartouches. Libre à vous de nous suivre ou pas. Mais au moins, je vous aurai prévenue : si vous ne faites rien, vous êtes foutue...

J'ignore encore pourquoi ses paroles ont résonné en moi avec une force impressionnante.

— Je connais celui qui peut vous aider. C'est un médecin, mais pas du tout comme les autres. Il soigne les alcooliques et les drogués dont plus personne ne veut. D'ailleurs, ses confrères le détestent.

Encore un spécialiste. Comme si je n'en avais pas fait le tour, depuis le temps...

— Si vous êtes d'accord, je vais prendre rendez-vous pour vous. Un jour de la semaine prochaine. Mais je vous préviens : il faut y aller à jeun.

Sa voix ne laissait place à aucune possibilité de dérobade. J'avais envie de la croire, et en même temps une peur panique de me lancer dans une nouvelle tentative, immanquablement vouée à l'échec, comme toutes les autres.

— Je ne peux pas y aller à jeun.

— Et pourquoi ?

— Mon mari n'est pas là la semaine prochaine. Et moi, le métro, le centre-ville, toute seule, ça m'angoisse. Je ne vais pas y arriver.

— D'accord. J'irai avec vous.

La semaine d'après, elle est venue me chercher à la maison. J'étais à jeun, mais j'avais pris soin d'embarquer une bouteille dans mon sac pour pouvoir calmer mon manque dès la fin du rendez-vous. Je tremblais beaucoup ; elle a fait comme si de rien n'était. Pendant le trajet en métro, elle m'a prévenue :

— Vous allez être un peu surprise par la salle d'attente. C'est toujours assez saisissant, la première fois.

— Vous savez, j'ai été tant de fois transportée en unité de sevrage, je crois que j'ai vu tout ce qu'on peut imaginer en matière d'humains déjantés...

— C'est pas sûr. Mais vous jugerez par vous-même.

C'est une maison bourgeoise, dans un quartier plutôt cossu de Francfort. Quand j'ai vu le petit jardin et la porte aux cuivres rutilants, je me suis dit que je ne m'étais pas trompée : j'avais atterri chez le énième spécialiste que ça ne dérangeait pas de faire du pognon sur le dos des pauvres cons qui n'arrivaient pas à décrocher. Si je n'avais pas promis à Martin de rencontrer ce fameux docteur G., j'aurais fait demi-tour immédiatement. J'aurais eu bien tort : le spectacle de la salle d'attente valait au moins un coup d'œil.

Des punks édentés. Des tatoués, des piercés, des rasés, des crêtes colorées et des queues-de-cheval décolorées. Des jeans déchirés, des kilts écossais, des blousons de cuir tagués, des godillots ferrés. Une trentaine de personnes, toutes semblant sorties d'un documentaire underground des années 1990, sagement assises dans une immense salle d'attente qui devait être, à l'origine, le salon de réception de la villa. Pas un qui me ressemblait, de quelque manière que ce soit. À vue d'œil, j'étais la seule petite-bourgeoise de l'assemblée ; la seule aussi, sans doute, à avoir un problème d'alcool, et pas de drogue. J'ai reconnu dans les regards que m'ont lancés certains le mépris que le drogué porte à l'alcoolique. C'est un de mes codétenus du château, ancien héroïnomane, qui m'avait expliqué cette subtilité. Les drogués pensent que nous sommes des minables, désespérés peut-être, mais qui n'ont pas eu le « courage », comme eux, d'aller au bout de leurs fantasmes en prenant de vrais risques, pour obtenir de vraies sensations. Ce qui ne les empêche pas, d'ailleurs, la plupart du temps, d'arroser leurs voyages de généreuses rasades d'alcool. Mais, à leurs yeux, ça ne compte pas de la même façon.

Je me suis souvenue que mon accompagnatrice m'avait expliqué que le docteur G. était considéré comme le médecin des causes désespérées, en matière de drogue et d'alcool. J'avais écouté d'une oreille distraite, sans prendre la mesure de la situation. Tous ces gens venaient sans doute chercher leur dose de méthadone, qui, pour éviter tout trafic, ne pouvait être délivrée qu'en mains propres, dans un cadre médical. Et moi, j'étais censée attendre mon tour au milieu d'eux, sans broncher.

Ça m'a agacée, mais aussi amusée. J'avais l'impression d'avoir atterri dans un film, peuplé de personnages tous plus improbables les uns que les autres. Attendre en observant discrètement cette étonnante petite foule était finalement bien plus passionnant que de plonger dans n'importe quel livre ! Ça tombait bien : moi qui aimais tant la littérature, j'avais abandonné la lecture au profit de la bouteille depuis des années...

Nous avons attendu plus de deux heures avant que le grand professeur, avec qui nous avions pourtant rendez-vous à une heure très précise, daigne nous recevoir. L'infirmière chargée de faire entrer et sortir les patients selon une logique qui lui appartenait est finalement venue nous chercher. Elle nous a fait pénétrer dans le saint des saints de la maison : le bureau du fameux docteur G. Une vaste pièce assez claire, décorée de grandes toiles modernes et colorées. Je me suis demandé pourquoi, dans un endroit pareil, on avait équipé toutes les fenêtres de gros barreaux bien épais. Pas le temps de disserter sur la question ; apparition du docteur.

— Bonjour. Soufflez, s'il vous plaît.

Un homme sans visage. Petit polo, petites lunettes, petite quarantaine : rien qui puisse me plaire, et cette manière très cavalière de dire à peine bonjour après nous avoir fait attendre pendant plus de deux heures ! C'était ça, le docteur miracle ? Pour qui se prenait-il ? Et qu'est-ce que ça voulait dire, « soufflez » ?

Mon accompagnatrice m'a tendu un éthylotest. Je me suis pliée au rituel du ballon, comme au château. Pour l'instant, rien de bien nouveau… Il a jeté un coup d'œil pour vérifier l'état de mon alcoolémie, avant de se lancer dans le vif du sujet.

— Asseyez-vous, je vais vous expliquer.

Et voilà. C'était reparti pour un sermon, l'alcool, c'est mal, regardez dans quel état ça vous met, et votre famille, vous y avez pensé ? Depuis le temps, ils devraient comprendre, tous ces spécialistes, que ça ne marche pas, cette musique-là…

Sa chanson à lui était différente. Mais tout aussi inutile : il était en train de me parler des Asiatiques, dont le métabolisme n'est pas censé supporter l'alcool, au point qu'ils risquaient leur vie en buvant même beaucoup moins que nous. Je me suis souvenue de mes rotations en Asie, des hommes ivres morts dans les bars de Tokyo, et j'ai eu envie de lui suggérer d'aller faire un petit tour au Japon pour expérimenter sa théorie. Mais j'ai préféré le laisser parler. Je ne l'écoutais pas. Je m'en fichais, moi, des Asiatiques. Je voulais juste rentrer chez moi pour reprendre au plus vite le cours de ma vie.

— Vous avez bien compris ? Vous réalisez ce que provoque l'alcool quand il arrive dans un corps qui ne peut pas le supporter ?

— Oui, oui.

— Très bien. Qu'avez-vous bu exactement ces dernières vingt-quatre heures ?

Je m'y attendais à celle-là. J'avais bu un peu la veille, pour me donner du courage. Mais rien depuis le dîner. Et j'avais anticipé la situation : je savais qu'on m'interrogerait sur le sujet, et que j'avais absolument intérêt à ne pas dire la vérité, sous peine de me voir expédiée directement à l'unité des clodos pour un bon vieux sevrage préalable à tout traitement. Mais ça, il n'en était pas question. Je ne voulais plus retourner là-bas.

— J'ai bu une bouteille de rosé et quelques verres de vodka.

Je ne sais pas pourquoi je n'ai pas pu m'empêcher de lui dire la vérité. Ce petit mec qui ne ressemblait à rien et qui s'écoutait parler depuis une demi-heure devait avoir des pouvoirs cachés.

— Mais je vous préviens, je ne retourne pas à l'hôpital pour un sevrage.

— Montrez-moi vos mains.

Elles tremblaient. De manque, mais aussi d'émotion et d'inquiétude. Je ne voulais pas qu'il me renvoie là-bas.

— Vous vous rendez compte que si vous ne faites rien, vu l'état dans lequel vous êtes, c'est la mort assurée ? Pas dans dix ans, ou dans cinq ans. Dans les mois qui viennent. Overdose ou cirrhose foudroyante. De toute façon, vous êtes foutue. Votre mort est imminente. À quarante-cinq ans, c'est quand même un peu tôt, non ?

Il a appuyé sur le bouton de l'interphone posé sur son bureau, pour appeler une infirmière, comme on aboie. Ce type est un sale con.

— Vous avez bien compris ce que je vous ai dit ?

— Oui, oui.

— Si vous avez bien compris, l'infirmière va vous donner un comprimé que vous allez avaler ici, devant moi. Et je vous ai bien expliqué ce que vous risquez si vous rebuvez après ça.

Son ton s'est fait menaçant. Tout à coup, j'ai réalisé que j'aurais sans doute dû mieux écouter. Il l'a compris, lui aussi.

— Bon, je vous réexplique. Ce médicament empêche le foie de transformer l'alcool que vous absorbez pour l'évacuer. Il provoque donc une forme d'empoisonnement qui va au mieux vous rendre très malade, et au pire mettre votre vie en danger. On appelle ça l'effet Antabus. Si vous prenez une dose, dans les dix jours qui suivent, en buvant la moindre goutte d'alcool, vous risquez de mourir.

Antabus ? Ce mot a immédiatement fait tilt dans mon cerveau. Il y a très longtemps, quand j'étais encore chez mes parents, à Lyon, ils m'avaient envoyée voir un spécialiste à l'hôpital. On m'avait fait boire un truc, arrosé d'une bonne demi-bouteille de vodka, qui m'avait rendue malade à crever. Le but de l'opération était de me dégoûter à tout jamais de l'alcool. Ça m'avait surtout dégoûtée à tout jamais des médecins...

— Ça n'a pas été interdit, finalement, ce truc-là ? Je croyais que c'était trop dangereux...

— Ça, c'est mon problème, pas le vôtre. Donc, vous le prenez et vous prenez vos responsabilités. Et nous, on se revoit dans une semaine.

— Ça tombe mal, mon mari est absent en ce moment. Et je ne veux pas être seule à la maison avec le manque... Mais il revient la semaine prochaine. Je vais reprendre rendez-vous, et là ça sera plus possible, pour moi.

— Je m'en fiche, de votre vie. Elle ne me regarde pas. Je n'ai pas envie de vous écouter me déballer vos histoires. Je n'ai pas de temps à perdre. Vous avez vu le monde qui attend dehors ? Donc, c'est simple. Soit vous prenez ce médicament, maintenant, et vous revenez me voir dans une semaine. Soit vous prenez la porte. Mais ce n'est pas la peine de revenir. Jamais.

J'ai pensé à Martin, à l'ultimatum de la Sécurité sociale, à ma conne de cousine qui pleurait avec moi dans son cabinet. J'ai pensé que je n'avais pas le choix. J'ai avalé son cachet.

Il a pris son agenda pour me donner un nouveau rendez-vous. Je suis partie, furieuse, avec l'impression de m'être fait piéger comme une débutante, en acceptant d'avaler cette bombe à retardement. J'en voulais à la terre entière. À la nana de chez Clara, qui savait parfaitement ce qu'elle faisait en m'emmenant là, mais qui n'avait pas jugé bon de me prévenir ; à ce connard de toubib, arrogant et tyrannique, qui venait de me forcer la main sans que j'aie le courage de résister ; à Martin, sans doute complice, qui m'avait envoyée au massacre et qui n'était même pas là pour m'épauler.

Bon, j'avais un peu menti au docteur. Martin revenait dans quelques heures, avant la nuit. Mais je m'étais quand même fait avoir, en beauté.

Je n'ai pas décoléré pendant trois jours. Curieusement, le manque n'était pas trop insupportable. Ce qui me pesait le plus, c'étaient les perspectives : soit j'outrepassais l'interdit, et je me retrouvais en danger de mort ; soit je m'y pliais, et ma vie perdait tout son relief… Je me sentais prise en otage, enfermée, prisonnière de quelque chose que je n'avais pas choisi.

Quand la colère s'est calmée, j'ai commencé à me dire que c'était surtout de l'alcoolisme, dont j'étais prisonnière. On réfléchit mieux, quand on est à jeun. Les mots de la bénévole de Clara commençaient à faire leur chemin, rejoints par ceux du docteur G. : je n'en avais sans doute plus pour bien longtemps. Ils avaient sans doute raison, je le sentais dans mon corps. Mon palmarès de sevrages et de désintoxications était si impressionnant qu'il avait mis la puce à l'oreille des gens de la Sécu. Personne ne pouvait croire que j'étais sortie indemne de tout ça. Les médecins tombaient toujours des nues en découvrant mon taux d'alcoolémie, et les quantités invraisemblables que je consommais chaque jour. Pour mon gabarit, c'était déjà difficile d'imaginer pouvoir éliminer trois litres de liquide, même de l'eau minérale. Alors, de la vodka et du whisky... Et puis il y avait tous ces trous béants dans ma mémoire. Tous ces accidents dont je n'aurais jamais dû réchapper. Les coupe-gorge dont j'étais sortie indemne. Les camions sous lesquels je n'étais pas passée. Les viols, les absences, les chutes, les inconsciences... J'étais une survivante, une miraculée. Il était peut-être temps d'arrêter de forcer le destin.

Il avait l'air sûr de son coup, ce médecin. Même s'il se comportait en mufle patenté. Ça m'avait bien plu, finalement, qu'il me dispense de l'interminable interrogatoire sur mon « parcours personnel », et qu'il me considère comme un organisme à traiter chimiquement pour un problème physiologique, sans aller tripatouiller dans mon inconscient.

La veille du deuxième rendez-vous, Martin est reparti pour un vol. Mais je n'avais plus peur d'aller chez le docteur, même sans personne pour m'accompagner. J'avais décidé d'essayer.

Je ne sais pas depuis combien de temps je n'avais pas pris le métro toute seule, à jeun. Ça me semblait être une épreuve redoutable. Martin avait tenté de me rassurer du mieux qu'il pouvait en me préparant un kit de survie : un carnet entier de tickets de métro, un plan, un itinéraire détaillé, le téléphone de trois compagnies de taxis, de quoi payer dix courses pour rentrer chez nous au cas où je me perdrais. Je suis partie très en avance, pour affronter ma nouvelle destinée. J'ai sué d'angoisse, cœur battant et mains moites, mais j'y suis arrivée. Trois heures de trajet. Quatre changements. Toute seule. Sans malaise, et sans m'être trompée une seule fois.

Toujours la même faune dans la salle d'attente, qui fournit gracieusement un spectacle permanent. Un homme agressif a essayé d'entrer accompagné de son chien. L'infirmière lui a expliqué fermement que ça n'était pas possible. Quand il a insisté, deux armoires à glace en blouse blanche ont jailli de je ne sais où et sont venues lui montrer la sortie. On ne plaisante pas avec les règles, chez le docteur G. Personne n'a bronché. On est tous écœurés et exaspérés de la manière dont on est traités, mais on encaisse, et on la ferme. Comme si chacun des rebelles sauvages que nous étions était prêt à avaler toutes les couleuvres nécessaires pour avoir le droit de continuer à poireauter docilement des heures et des heures dans cette si singulière antichambre.

— Déshabillez-vous.

Ni « bonjour » ni « comment ça va ? ». Le docteur a été fidèle à sa muflerie de la dernière fois. Quant à mon strip-tease, il n'était pas prévu au programme. Si j'avais su, j'aurais un peu mieux choisi mes sous-vêtements, et pris le temps de m'épiler les jambes. En me déshabillant, j'avais affreusement honte d'être si peu présentable. J'ai quand même essayé de rentrer mon ventre, pour me montrer sous mon meilleur jour. Mais plus de vingt ans de bière et d'alcool ne pardonnent pas : j'étais bouffie, de là aussi. Ça m'éviterait peut-être les habituelles mains baladeuses des visites médicales...

Il m'a auscultée avec une froideur réfrigérante.

— Vous pouvez vous rhabiller. Je veux que vous alliez faire une radio et un bilan du foie à l'hôpital, pour qu'on sache à quoi s'en tenir.

Pas un mot gentil, pas un geste humain. Et pas de mains baladeuses non plus. Aucune sensualité. J'avais l'impression d'être du bétail qu'on évalue avant l'abattoir. Mais, pour une fois, je n'arrivais pas à protester. Cet homme se comportait vraiment comme une brute, et je le laissais faire. C'était affreusement humiliant.

Il ne m'a même pas demandé de mes nouvelles. Il a sonné son infirmière, qui est arrivée avec le même cachet et le même verre d'eau que la dernière fois. Et puis il m'a donné un rendez-vous pour la semaine suivante.

Je suis sortie outrée, et décontenancée. Je savais bien que j'étais une petite merde d'alcoolo, et lui

LE superman de la dernière chance. Mais est-ce que c'était une raison pour me traiter si mal ?

J'y suis quand même retournée la semaine suivante. Il a été encore pire. Il n'a même pas levé les yeux quand on m'a fait entrer dans son bureau.

— Ça va ? Vous avez quelque chose à me dire ?

— Non. Ça va.

Même si j'avais eu des milliers de choses à lui raconter, il n'était pas question que je confie quoi que ce soit à cette porte de prison. Ça a duré quelques minutes. Il a sonné sa bonniche en blouse blanche, qui est arrivée avec la petite bombe à prendre trois fois par semaine, que j'ai avalée sans moufter. Et puis il a feuilleté son carnet de rendez-vous.

— La prochaine fois, vous viendrez avec votre mari. J'ai besoin de lui parler.

Et si je ne voulais pas, moi ? Si j'en avais assez d'être ignorée comme ça ? Il ne m'a même pas demandé ce que je faisais de mes journées, maintenant que je ne buvais plus. Et si j'avais décidé de continuer ou pas. Si c'était dur, ou fatigant. Si je tenais le coup... Trois heures à faire le pied de grue au milieu des cinglés pour être expédiée en cinq minutes, sans un regard ni aucun signe d'une quelconque compassion. Quand je suis partie, je n'étais pas du tout sûre de revenir...

Je suis revenue quand même, avec mon mari, comme il l'avait demandé. J'avais eu beau lui raconter avec force détails, Martin n'en revenait pas du spectacle proposé par les patients du docteur G. Il a eu le temps de s'en imprégner : trois heures d'attente, encore, avant d'être reçus par Sa Majesté...

Il a fait un petit bilan de ce premier mois. Nous a expliqué que, contre toute attente, les radios et les examens de mon foie n'étaient pas inquiétants. Comme tous ses autres confrères, il s'est étonné du bon état de mon organisme, vu le traitement infernal que je lui avais fait subir durant ces vingt-cinq dernières années.

— Comment vous sentez-vous ?

— Ça va, je m'ennuie, mais ça va.

Il n'a pas relevé. Il s'en foutait complètement, de ce que je pouvais ressentir. Lui, ce qui l'intéressait, c'étaient les données mesurables. La taille de mon foie, la couleur de l'éthylotest, le niveau de ma tension et, sûrement, le taux de réussite faramineux qui avait fait sa réputation... Que je meure d'ennui à regarder le temps passer, ça lui était complètement égal. Qu'il me sauve la vie pour que je puisse l'observer s'écouler sans y trouver aucun intérêt, c'était le cadet de ses soucis...

Il a parlé avec Martin comme si je n'étais pas là. Deux mâles qui discutent de la petite.

— Vous pourriez vous charger de lui administrer le traitement, trois fois par semaine. Ça lui éviterait de faire le trajet et de perdre un temps fou à attendre ici.

— Je peux le faire lorsque je ne suis pas absent...

— Très bien. Vous communiquerez votre calendrier à mon secrétariat, de manière à ce qu'elle vienne prendre son cachet ici les semaines où vous n'êtes pas là.

— Pas de problème.

— On est bien d'accord, n'est-ce pas ? C'est vous qui êtes responsable. Vous vérifiez qu'elle avale bien le cachet. Et en aucun cas vous ne lui confiez la boîte, ni ne lui dites où vous la cachez.

— Mais vous croyez que...

— Je ne crois rien. Je sais. C'est une question de vie ou de mort, ne l'oubliez jamais. Et quand vous n'êtes pas là, vous nous prévenez et elle fait le déplacement pour que ce soit moi qui lui donne, ici.

Martin, si délicat, a été un peu troublé par la grossièreté de l'individu. Mais il s'est plié, comme nous tous. Ça faisait un mois que je n'avais pas touché un verre, et j'avais l'air de tenir le choc. Et puis le docteur G. dégageait une autorité naturelle si puissante que nul ne songeait à la contester.

C'était la période de Noël. Martin partait pour l'Asie, il m'a emmenée avec lui. Pour la première fois de ma vie, j'étais à jeun à Bangkok. Je n'en ai rien vu de plus que quand j'étais soûle : je me suis traîné un cafard épouvantable. J'étais aussi au régime, pour essayer de retrouver une apparence normale, assortie à ma nouvelle vie normale. Réveillon sans alcool, sans excès, sans rien ; fêtes tristes au milieu de la foule qui s'amuse. J'ai retrouvé ma timidité de petite fille, en sirotant mon Coca Light au milieu des équipages en liesse. Je ne suis presque pas sortie de l'hôtel. Des longueurs dans la piscine, pour me refaire une silhouette. Quelques jolies soieries achetées sans conviction ; même le shopping ne m'intéressait plus.

La veille du jour de l'an, j'ai appelé maman à Lyon. J'entendais dans sa voix que quelque chose n'allait pas, mais elle ne voulait rien me dire. J'ai tellement insisté qu'elle a fini par craquer : mon père venait d'avoir une attaque. Il était à l'hôpital.

— J'arrive.

— Non, ma chérie, je t'assure, ne viens pas. Pour l'instant, ça ne sert à rien. Il est sorti d'affaire. Et il est en de bonnes mains.

— Mais je vais venir pour être avec toi.

— Ton frère est là. Il s'occupe de tout. Ne t'en fais pas. Finis ton voyage et viens nous voir en rentrant.

J'ai raccroché, la mort dans l'âme. Mes parents vieillissaient. Mon père avait failli mourir pendant que j'étais à l'autre bout du monde. La vie avait de moins en moins de sens…

Le nez collé à la baie vitrée de ma chambre, au quarantième étage d'un magnifique hôtel, je me suis mise à penser au docteur G. Je le détestais, mais je l'admirais aussi. En y réfléchissant, aucun homme ne m'avait matée comme lui avait réussi à le faire, en à peine quelques semaines. À côté du sauveur des cas désespérés, les commandants de bord les plus irascibles, les banquiers les plus puissants pouvaient aller se rhabiller. Il était exécrable, méprisant, mais si fort et, finalement, tellement séduisant…

J'ai commencé à croire que j'aimais cet homme-là. Et que rien ne me rendrait plus heureuse que de le séduire à mon tour. J'ai commencé à y penser tout le temps, la nuit, le jour. Il me manquait, j'avais hâte de rentrer pour le retrouver.

Voilà, j'allais mieux. J'avais recommencé à flamber. Même à jeun.

Je me suis mise à attendre les semaines où Martin partait en vol, en me réjouissant à la perspective de revoir le docteur G. J'aimais, aussi, l'atmosphère de la salle d'attente. Cette tension, cette violence contenue, notre exaspération, à tous, d'avoir à nous plier à une gestion du temps qui nous échappait, mais que nous ne pouvions pas contester. Rendez-vous après rendez-vous, j'ai réalisé que la plupart de ses patients détestaient le docteur G., tout en étant profondément liés à lui par une dépendance désespérée. Cette sensation enivrante d'avoir affaire à quelqu'un de tout à fait exceptionnel me renforçait dans l'obsession familière qui s'installait peu à peu en moi : j'aimais cet homme et, si inaccessible fût-il, il me le fallait.

— Vous savez qu'il existe une salle d'attente plus confidentielle, réservée aux patients qui ne viennent pas pour des problèmes d'addiction ? Vous y seriez mieux, je crois.

— On me l'a déjà montrée, mais je préfère celle-là.

— Ah bon, pourquoi ?

— Je suis aussi là pour un problème d'addiction. Et puis je ne suis pas sûre qu'ils soient si différents de moi...

— C'est vous qui voyez.

Toujours aucune réaction, comme un animal à sang froid. Les seules informations qu'il possédait sur moi, à part mes bilans médicaux, c'était ce ridicule questionnaire que j'avais rempli un jour, en attendant mon tour. Une trentaine de questions bidons, du genre « jusqu'à quel âge avez-vous fait pipi au lit ? », ou « faites-vous des rêves récurrents ? ». Je le lui avais remis, mais nous n'en avions jamais parlé ensemble.

— Avant de partir, l'infirmière va vous emmener au sous-sol, faire une prise de sang.

J'ai suivi l'infirmière, avec docilité.

Le sous-sol et l'arrière de la villa abritaient un vrai centre médical, où travaillaient plusieurs personnes en blouse blanche, dont les deux malabars que j'avais vus un jour expulser l'homme au chien. L'infirmière m'a installée dans un fauteuil et m'a posé un garrot, pour faire gonfler mes veines. Je savais que ça serait une épreuve ; mes multiples séjours hospitaliers m'avaient habituée à ce moment pénible et inévitable où le préposé à la piqûre murmurait : « Je n'arrive pas à trouver une veine... »

Elle a piqué une fois, deux fois, trois fois, sans obtenir aucun résultat. J'essayais de garder mon calme ; elle commençait à s'énerver.

— Je suis désolée, je n'y arrive pas. Je vais appeler le docteur.

Nous avons attendu un long moment avant qu'il descende. J'ai eu le temps de sentir l'angoisse m'emplir petit à petit. Ça faisait presque cinq mois que je ne buvais plus et que je prenais ce traitement, mais l'alcool avait sans doute commis des dégâts irréparables dans mon corps. C'était la première fois qu'une prise de sang semblait si difficile. Qu'est-ce qui arriverait si on ne pouvait plus me soigner ? À quoi ça aurait servi, tous ces efforts, ces jours et ces jours d'ennui à me priver de tout, pour finalement mourir à jeun ? Tout ça me semblait si absurde...

Il est arrivé, finalement. Il m'a souri, pour la première fois de ma vie. Et puis il a passé son doigt sur le creux de mon bras, très doucement, avec une attention que je ne lui connaissais pas. Il a planté l'aiguille dans un geste très sûr. Le sang a rempli la seringue en quelques instants. Quand la quantité nécessaire a été prélevée, il a retiré la seringue en appuyant avec un tampon sur la piqûre, pour arrêter le saignement. Il m'a posé un pansement. A caressé légèrement l'intérieur de mon avant-bras en disant doucement : « Voilà, c'est fini. » Et puis il est reparti.

Moi, j'étais bouleversée. Émerveillée. Transfigurée. Je ne sais toujours pas expliquer, aujourd'hui, ce qui s'est passé lors de cette prise de sang. Mais la manière dont il m'a touchée ce jour-là a transformé ma vie.

Je suis rentrée chez moi comme en apesanteur. Je me suis installée sur le canapé sans bouger, pour ne pas perdre le délice de cette sensation de ses doigts au creux de mon bras. Et je me suis laissé envahir par l'incroyable douceur qui s'en dégageait.

J'ai puisé dans ce que je connaissais de la vie et des hommes pour essayer de comprendre. Et j'en ai déduit, forcément, qu'une sensation si extraordinaire ne pouvait être que puissamment sexuelle. Voilà, c'était ça : je désirais cet homme plus que tout, et plus que tous ceux que j'avais croisés jusqu'ici. Je l'aimais éperdument, chacune de mes cellules le hurlait. Je l'aimais si violemment qu'il suffisait qu'il me touche du bout d'un doigt pour que toute ma vie en soit bouleversée...

Je me suis mise à attendre les rendez-vous avec une ardeur qui suffisait à remplir toutes mes journées. Je ne pensais plus qu'à lui, à la manière dont j'allais m'habiller, me préparer, me montrer sous mon meilleur jour... Comme j'avais l'air d'aller de mieux en mieux, Martin avait repris ses rotations à un rythme soutenu. C'était une bénédiction, qui me permettait de retrouver l'objet de mes pensées presque chaque semaine. Il parlait toujours aussi peu, mais il avait remarqué mon petit jeu.

— Vous passez votre temps à changer de vêtements. Il y a quoi d'autre, dans votre tête ?

Je ne savais pas de quelle autre manière une femme pouvait dire à un homme ce que moi, j'avais à lui dire, à lui. Il finirait bien par comprendre ; par céder ; par réaliser à quel point ce qui nous liait était exceptionnel.

— Vous êtes là, avec vos petites dentelles. Mais à quoi occupez-vous votre vie, à part ça ?

Il ne pouvait pas imaginer à quel point elle était remplie de lui, ma vie...

Il me prenait pour une imbécile. Une crétine qui n'avait aucune autre préoccupation que ses chiffons et ses fanfreluches. Une de ces potiches sans intérêt qu'on regarde mais dont on n'attend rien. Il n'avait pas compris quels volcans bouillaient en moi. Mais j'allais lui montrer. Il n'en reviendrait pas.

J'ai peaufiné mon plan pendant plusieurs semaines. C'était une opération ambitieuse et délicate ; dangereuse aussi. Je savais que je devais procéder avec la plus grande prudence. Le moindre faux pas pouvait m'envoyer à l'hôpital. Ou à la morgue.

J'ai amadoué Martin, qui ne demandait que ça. Un semestre d'abstinence l'avait réconforté et rassuré. Comme ma mère et toute ma famille, il commençait vraiment à croire que j'allais peut-être, enfin, réussir à sortir de l'enfer. Il savait à quel point le trajet pour aller chez le docteur G. était pénible : trois heures aller, trois heures retour, et trois heures d'attente juste pour avaler un cachet dont il avait une boîte pleine, rangée quelque part à la maison. Je n'ai pas eu beaucoup de mal à le convaincre de me laisser un comprimé en partant pour Tokyo.

— Tu me promets que tu n'oublies pas de le prendre, hein ?

— Bien sûr que je te promets. On ne va pas ruiner six mois d'efforts en quelques heures.

— Je t'appellerai et tu l'avaleras au téléphone, avec moi.

— D'accord. Bon voyage, Martin.

— Au revoir, ma chérie. Fais attention à toi.

Il partait pour quinze jours. Je ne pouvais rien faire la première semaine, puisque j'étais sous l'effet du cachet que je venais d'avaler en sa présence. Mais, en me dispensant de la prochaine prise, je disposerais de trois ou quatre jours avant son retour pour mettre mon plan à exécution. C'était juste ce qu'il me fallait.

Épilation minutieuse, manucure, pédicure, coiffeur, soins esthétiques ; j'ai profité de la première semaine pour préparer mon corps au spectacle grandiose que j'avais mis en scène. Comme une star de cinéma juste avant le tournage du film de sa vie.

J'ai commencé à boire, un tout petit peu, le jour où j'aurais dû prendre le comprimé. Pas de l'alcool fort ; de la bière, et du vin. Je savais que je devais avancer à pas comptés, et m'alcooliser très progressivement pour ne pas provoquer un accident irrémédiable.

Ça m'a rendue malade comme un chien. Bouffées de chaleur, vomissements, suées, migraine épouvantable. J'ai encaissé ; j'avais un objectif à atteindre, et rien n'aurait pu m'en dérouter. Le deuxième jour, j'ai eu des douleurs thoraciques et une sensation d'étouffement que j'ai cru un moment ne pas pouvoir supporter. Je me suis à peine reconnue dans le miroir : j'étais devenue rouge comme une écrevisse, le visage complètement tuméfié. Je n'avais pas pensé à ça. Si je devenais monstrueuse, tout mon plan tombait à l'eau...

Le troisième jour, j'ai augmenté un peu les doses. Je me sentais toujours aussi mal, mais j'avais retrouvé visage humain. Je sentais mon cœur palpiter un peu trop vite dans ma poitrine, mais ça me plaisait assez. Tout comme ces sensations de flottement et de vertige qui me donnaient l'impression d'être en apesanteur, quelques mètres au-dessus du plancher des vaches. C'était absolument raccord avec ce que j'étais en train de vivre : je décollais, progressivement, pour pouvoir enfin m'envoyer en l'air.

Tout se déroulait comme prévu. Le quatrième soir, veille du retour de Martin, j'étais fin prête. J'ai enfilé mon habit de lumière : des dessous chic et délicats, et une magnifique robe en soie, merveilleusement fendue de haut en bas, que j'avais achetée lors de mon dernier voyage à Bangkok. Je me suis maquillée, parfumée comme je pensais devoir le faire pour être irrésistible. J'ai allumé la chaîne, Beethoven, Wagner, pour que la musique envahisse tout, et j'ai passé la nuit à boire en exécutant l'ultime phase de mon plan.

Quelques mois plus tôt, G. m'avait glissé une carte de visite sur laquelle figurait son adresse Internet.

— Je ne réponds pas au téléphone, mais, si vous avez une urgence, quelle qu'elle soit, écrivez-moi. Je suis connecté en permanence, et je peux vous répondre dans les minutes qui suivent.

J'avais trouvé ça ridicule et prétentieux. Mais j'avais pris la carte.

Verre après verre, cette nuit-là, j'ai écrit au docteur. « Je suis complètement nue, seule dans ma maison, et je bois. Je bois. Vous ne pouvez pas vous imaginer à quel point c'est bon. Vous qui passez votre vie à nous empêcher de replonger, n'avez-vous jamais expérimenté un voyage comme celui-là ? Comment peut-on vouloir priver quelqu'un de toutes ces beautés ? Je suis fière et heureuse de m'être enfin autorisée à les retrouver. Vous ne saurez jamais à quel point le monde est magnifique, vu de là où je suis. Ni comme la liberté que je retrouve enfin est sublime. Vous vous trompez sur toute la ligne : rien ne justifie que quiconque me prive de ce voyage-là… »

Au matin, j'ai appuyé sur « envoi », et puis j'ai attendu. Je savais que ça ne serait pas long.

« Sautez dans un taxi. Venez immédiatement me retrouver au cabinet. » Bingo ! Même pas trois minutes pour obtenir la réponse espérée. Ma mise en scène était un chef-d'œuvre, restait à savourer mon triomphe. Rien ne me résistait.

J'avais tout prévu. J'ai appelé un taxi. Ma bouteille de vodka dans une main, le bottin dans l'autre, je suis montée en titubant dans la voiture sous le regard méchant du chauffeur. J'avais tout prévu, sauf de ne pas me rappeler l'adresse du cabinet, auquel je pouvais me rendre les yeux fermés depuis la station de métro. Je ne réussissais même pas à me souvenir du nom de la rue.

J'ai indiqué au chauffeur, furieux, le quartier de Francfort où j'étais certaine que se trouvait la villa. Il m'y a conduite de mauvaise grâce, pendant que je cherchais désespérément un indice dans le bottin. Je n'y arrivais pas. La vodka était en train de m'envoyer en l'air, comme je l'avais si ardemment souhaité. C'était si efficace que j'avais complètement perdu pied. Je ne parvenais plus du tout à trouver mon chemin...

Exaspéré, le taxi a fini par m'abandonner dans une rue que je ne connaissais pas, en me traitant de tous les noms. J'ignore comment j'ai réussi à trouver un deuxième taxi, à le convaincre de m'embarquer malgré mon état, et à trouver enfin la villa du docteur G. Quand je suis arrivée là-bas, j'étais en pleine crise de démence.

J'ai eu mon quart d'heure de gloire dans la salle d'attente, mon théâtre préféré de ces derniers mois. Elle était remplie des zombis habituels. Je les ai fait rire, et j'ai ri avec eux. J'étais drôle, belle, spirituelle. Ils allaient enfin découvrir la femme incroyable qui se cachait derrière l'ombre falote qu'ils avaient si souvent croisée. Je leur en ai mis plein la vue, et ça allait bientôt être au tour du docteur. C'était le plus beau jour de ma vie.

Les infirmiers sont venus me chercher pour m'isoler de mon public. J'ai protesté bruyamment, mais sans agressivité. Comme la diva que j'étais...

J'ai fait mine de me calmer, le temps qu'ils pensent que je pourrais pénétrer posément dans le saint des saints. Ils ont fini par venir me chercher. Ça y est, j'y étais.

Il n'était pas tout seul. À côté de lui se tenait un des deux malabars que j'avais déjà croisés plusieurs fois. Je n'en revenais pas. Le docteur G., si puissant, si sûr de lui, avait peur de moi ? Il avait besoin d'un garde du corps pour m'affronter ? J'étais inoffensive, pourtant. Juste amoureuse et irrésistible. C'était peut-être ça, dont il voulait se protéger.

— Je vous aime. Vous êtes l'homme le plus magnifique, le plus fort, le plus extraordinaire que j'aie jamais rencontré. C'est grâce à vous, pour vous que je suis redevenue belle et vivante. Je suis redevenue une vraie femme. Et je suis à vous. Faites ce que vous voulez de moi, je vous appartiens.

Ils ne bougeaient ni l'un ni l'autre. J'ai imaginé qu'ils étaient abasourdis par la beauté et la grâce de la situation ; ils devaient seulement être horrifiés par le spectacle pitoyable auquel ils étaient en train d'assister. G. n'a pas bougé ; je crois qu'il ne savait plus du tout quoi faire.

— Il faut que j'aille aux toilettes. Ne bougez pas, je reviens.

Je me suis efforcée de sortir avec élégance, pour ne pas gâcher cet instant magique. J'ai vaguement senti couler quelque chose le long de mes jambes, sans me rendre compte que c'était du sang : j'avais tout calculé, sauf que le plus beau jour de ma vie serait aussi le premier jour de mes règles. J'ai quitté le bureau en laissant derrière moi une traînée sanguinolente, touche finale à l'abominable scénario que je venais d'exécuter avec tant de brio.

Une infirmière m'a accompagnée. Au moment de refermer la porte, j'ai entendu G. dire à son colosse : « Il faut qu'elle ne se doute de rien. Surveillez-la, j'appelle une ambulance. » Il n'avait rien compris, mais moi je comprenais très bien ce qui allait m'arriver : retour chez les clodos, dans l'unité de sevrage, attachée sur un lit. Ça, je ne voulais pas. Jamais. Jamais plus.

J'ai profité d'un moment d'inattention et je me suis enfuie. J'ai couru, couru, sans me retourner. J'ai quitté mes chaussures pour pouvoir aller plus vite, et je me suis engouffrée dans la station de métro que je connaissais si bien, puisque c'est par là que j'arrivais à chaque rendez-vous. La rame était à quai, je suis montée, pieds nus, les jambes barbouillées de sang, hirsute, dégoulinante de sueur et de larmes, paniquée à l'idée d'être rattrapée.

J'ai commencé par un verre

Boire. Envie de boire. Besoin de me remplir, jusqu'à plus soif. J'avais gardé mon sac. Je suis sortie du métro et j'ai trouvé un bar. Puis un autre. Puis un autre encore. Je n'avais plus la notion du temps, je n'avais plus la notion de rien. J'avais retrouvé ma vie, j'étais redevenue qui je suis. Plus forte que le docteur G. à qui rien ne résiste, et plus forte que le monde entier. J'avais gagné.

J'avais gagné.

Martin est rentré le soir même. Inquiet de ne pas me trouver, il a appelé le docteur G., qui lui a tout raconté. Mon mari est parti à ma recherche, de commissariat en commissariat. Il m'a trouvée au petit matin, dans un poste de banlieue, en train d'essayer de convaincre le gendarme d'épouser la gendarmette. Je l'ai supplié de ne pas m'emmener à l'hôpital. Il m'a ramenée à la maison.

J'ai replongé, violemment. Désespérément. J'ai sombré dans la vodka à corps perdu, puisqu'il ne me restait que ça. Je n'ai aucun souvenir de cette période. Ça ne m'étonne pas : j'étais morte.

La seule chose dont je me souviens, c'est d'avoir supplié Martin de m'emmener chez le docteur G. Nous y sommes allés, plusieurs fois. Nous avons fait le siège des heures et des heures ; je ne voulais pas repartir. Il a toujours refusé de nous recevoir. Ses règles étaient claires, et valables pour tout le monde : pas de patients alcoolisés. Jamais.

Mon père était sorti vivant, mais amoindri, de son attaque de Noël. À la fin du printemps, il a eu quatre-vingts ans. Mon frère préparait une fête depuis des mois. J'avais eu le temps, avant ma rechute, d'écrire un très long poème à l'intention de papa. Ça devait être son cadeau d'anniversaire. Martin et maman m'ont suppliée de faire un effort. De dessoûler au moins quelques jours, pour ne pas gâcher la fête. J'ai fait ce que j'ai pu : à peu près rien.

J'ai quand même lu mon poème, en bafouillant et en tremblant. Un long calvaire pour moi et pour mes parents, mon frère, morts de honte devant le spectacle pitoyable que j'offrais à leurs amis. Une fois la fête terminée, nous avons eu droit à un conseil de famille explosif et désespérément ordinaire : le docteur G. était un charlatan, un assassin, un irresponsable. Ils allaient porter plainte, alerter la presse, le traîner en justice, faire fermer son cabinet. Dénoncer le scandale. Lui faire payer ma dégringolade.

Nous sommes rentrés à Francfort. Quelques jours plus tard, j'étais ramassée dans je ne sais plus quel caniveau par je ne sais plus quelle ambulance. Et internée chez les clodos, pour la je ne sais plus combientième fois de ma vie d'alcoolique.

À la fin du sevrage, avant d'être libérée et de pouvoir recommencer à boire tout mon soûl, le docteur G. m'est revenu en mémoire. Il y avait cette douceur incroyable du jour de la prise de sang. J'ai commencé à comprendre que j'avais mal compris. Peut-être que ça n'était ni amoureux ni sexuel, ce bien-être inouï que j'avais ressenti. Peut-être que c'était seulement cette chose qui manquait tellement dans cette unité de sevrage, et dans le reste de ma vie. Cette chose si troublante et si rare qu'elle m'avait bouleversée jusqu'à me rendre folle. Cette émotion que je ne savais pas encore nommer, mais à laquelle, peut-être, j'allais enfin pouvoir accéder. Peut-être que ça n'était, finalement, que de l'humanité...

Avant de rentrer chez moi, j'ai demandé son numéro aux renseignements, et je l'ai appelé.

— Je suis à l'hôpital depuis dix jours. Je suis sevrée. Je sais que vous ne donnez jamais de deuxième chance, mais je voudrais vous voir.

— Vous êtes décidée à reprendre le traitement ?

— Oui.

— Très bien. Venez la semaine prochaine. À jeun. Ma secrétaire vous appellera pour vous donner le jour et l'heure.

J'y suis allée seule, en métro. Tétanisée par l'angoisse et la honte. Je ne me souvenais pas de toute la scène dantesque que je lui avais jouée, lors de notre dernière entrevue. Mais des détails indignes et abjects me revenaient. Il m'avait vue dans toute mon horreur. J'allais devoir affronter ce regard-là, posé sur moi.

— Je n'ai jamais vu, de ma vie, une femme se mettre dans un état aussi abominable. Vous étiez hideuse et répugnante.

Ses mots me font du mal, mais aussi du bien, parce qu'ils sont justes. Je les reçois en plein cœur, comme une rafale. Mais je lui suis reconnaissante de me parler comme il me parle.

— Je n'ai jamais refusé une deuxième chance à un patient, à partir du moment où il comprend qu'il n'y en aura pas de troisième, et où il s'engage totalement dans la thérapie.

— Je sais que mon attitude vous a écœuré. Et je comprendrais que vous me disiez que vous ne voulez plus me voir.

— Je veux d'abord que vous m'expliquiez exactement ce qui s'est passé, et comment vous avez procédé.

Je lui ai raconté mon plan. La préparation minutieuse. Le calcul des doses d'alcool pour ne pas mourir empoisonnée. Et comment j'avais floué Martin en abusant de sa confiance.

— Très bien. Alors, les nouvelles règles vont être très claires. Vous viendrez ici tous les trois jours, pour prendre une dose. À la moindre rechute, je ne veux plus jamais entendre parler de vous.

— D'accord.

— Ne dites pas d'accord tout de suite. Vous avez sept jours pour réfléchir. Si vous ne revenez pas la semaine prochaine, ne revenez jamais. Mais si vous vous décidez, il n'y aura aucune dérogation possible.

— Très bien.

En quittant la villa ce jour-là, je savais déjà que je reviendrais. Cet homme me subjuguait. Je voulais lui prouver qu'il avait eu raison. Et que j'étais digne de cette chose incroyable dont il avait fait preuve à mon égard. Je voulais redevenir – ou peut-être même devenir, enfin – un être humain. Pour être digne de son humanité.

Les six mois qui ont suivi ce premier jour de ma nouvelle vie ont été épouvantables. En abandonnant l'alcool, j'ai cru devoir aussi abandonner tout ce qui pouvait mettre un peu de couleur dans mon existence. Je n'avais plus envie de rien. Finies, la musique, la littérature, la peinture, la sculpture. Finis, le plaisir et les extases. Je suis entrée en abstinence comme on entre en prison.

Je me suis offert une dépression carabinée. Comme pour faire le deuil de ma vie d'avant. Six mois enfermée chez moi, sans avoir envie de rien. Ni de me lever, ni de m'habiller, ni de sortir. Ni de boire. Six mois dans le désert, à ne rien sentir, rien penser, rien espérer, à part que ça finisse un jour et que la vie revienne.

Elle est revenue, un matin. J'ai eu envie de me lever. Je suis allée boire mon café dans le jardin. J'ai vu le ciel, les nuages, les fleurs. J'ai senti le vent sur ma peau, et le chat se frotter contre mes mollets. J'étais vivante. Enfin. Vivante !

J'ai tout réappris, autrement. Comme une débutante qui part de rien. J'ai posé sur le monde un regard différent, plus tendre, moins inquiet. J'ai découvert avec ravissement que je n'avais plus peur de la mort.

J'ai refait la connaissance des miens. Géraldine, la fille de Martin, qui a découvert qu'à jeun j'étais une belle-mère plutôt fréquentable. Mes beaux-frères et belles-sœurs, qui n'avaient jamais eu l'occasion de me rencontrer autrement qu'imbibée d'alcool. Mes parents, qui ont mis longtemps à oser croire que c'était bien la fin du cauchemar. Tous m'ont fait la grâce de ne pas m'en vouloir pour l'enfer que je leur ai fait traverser.

J'ai retrouvé Martin aussi, miraculeusement toujours là, à mes côtés. Nous avons commencé à nous construire une vie douce et joyeuse, tranquille. Paisible. Il a mis fin à sa carrière de pilote, et nous avons trouvé une maison extraordinaire dans le sud de la France. Notre maison. Ma première vraie maison, où je suis enfin chez moi.

Nous avons recommencé à voyager. J'ai découvert le monde avec des yeux nouveaux, limpides, lucides. J'ai enfin vu, à jeun, tout ce à côté de quoi j'étais passée, durant toutes ces années. Bangkok, Hong-Kong, Singapour... Les déserts magnifiques, les villes resplendissantes, et le plaisir de s'y promener, de s'en imprégner. Les odeurs, les sons, les musiques. Les lumières. Tous mes sens se sont remis à fonctionner, autrement.

J'ai appris, aussi, à assumer qui je suis. Une femme ordinaire au parcours chaotique, qui a passé la moitié de sa vie à s'y perdre sans bien savoir quel sens elle pouvait avoir. J'ai compris que l'essentiel se trouve dans les petites choses plus que dans les grandes, et que c'est en courant après l'extase qu'on passe à côté de tous les plaisirs qui rendent la vie si délicieuse. J'ai choisi de me régaler chaque jour des mille petits bonheurs qu'elle me réserve, plutôt que de rêver d'un grand bonheur incandescent et dévastateur.

J'ai relu mon parcours, en acceptant enfin d'en analyser un peu les tenants et les aboutissants. Je ne suis plus virulente ni méprisante envers tous ces psys qui cherchent à comprendre. Ils ne s'y sont pas bien pris avec moi. Je n'étais pas prête pour ça. J'avais tellement peur de découvrir dans mon histoire familiale un horrible secret, un crime, une honte, que j'ai tout rejeté en bloc. Je n'ai plus peur, maintenant. Je sais qu'il ne faut pas forcément avoir été victime d'abominations, ni être nulle, minable, mentalement diminuée, pour perdre le fil de sa vie.

Je suis une personne ordinaire, à la vie ordinaire. J'ai eu une enfance « normale », c'est-à-dire remplie de peurs et de joies, comme toutes les enfances. Des choses m'ont marquée, d'autres m'ont blessée, comme tous les enfants. Mes parents ont fait de leur mieux, mal parfois, mais toujours avec cœur, comme la plupart des parents. Mon frère est un enquiquineur, il pense la même chose de moi. Comme beaucoup de frères et sœurs.

J'ai découvert que mon histoire était marquée par l'Histoire, la grande, celle qu'on raconte dans les livres. Une mère fille de Suisses allemands rigides et bien-pensants – dont mon grand-père terrible, une sorte d'ogre tyrannique et extrémiste que j'étais la seule à savoir attendrir. Un père fils d'un réfugié espagnol mort très tôt et d'une Juive française, en poste à l'ambassade de Berlin en pleine montée du nazisme. C'est de la rencontre de ces deux histoires antagonistes, empreintes de la violence de l'Histoire mondiale, que je suis née. J'ai mieux compris, du coup, pourquoi mon père nous a emmenés, quand nous étions enfants, visiter Dachau. « Pour ne pas oublier. » Et pourquoi mon enfance a été hantée de terreurs morbides et d'une si grande peur de la mort. J'ai compris aussi d'où venait notre violence familiale, cette manie épuisante de hurler, de claquer les portes, de se raccrocher au nez les uns des autres. J'ai compris, et j'en suis de moins en moins victime.

Je me suis habituée au Perrier rondelle et au Coca Light. Je n'ai pas honte de les revendiquer haut et fort, et d'expliquer pourquoi. Tant pis pour ceux qui ricanent ou qui confondent, comme je l'ai fait moi-même pendant si longtemps, l'ivresse avec la joie. J'ai maudit l'imbécile qui, un jour, pour rigoler, a mélangé de la vodka à mon jus d'orange en pensant qu'il allait m'apprendre ce que c'est que de faire la fête. C'est à lui que j'ai fait la fête. Je suis toujours sous traitement. Il aurait pu me tuer.

Je continue à voir le docteur G., une ou deux fois par mois. Je ne suis pas sûre d'en avoir encore vraiment besoin, mais ça me rassure et ça me fait du bien. Il fait partie de ma vie. À sa juste place, enfin. Je sais que ses méthodes sont controversées. Ça m'est égal. Je ne prétends pas avoir une opinion quelconque sur ce qu'il faut faire ou ne pas faire pour soigner les malades alcooliques. Dans tout ce que j'ai essayé, c'est la seule chose qui m'ait convenu, à moi. Ça ne remet aucunement en cause les autres méthodes, notamment les groupes de parole, qui réussissent à beaucoup d'autres malades.

Si j'ai voulu écrire ce livre, c'est parce qu'un jour, en allumant la radio, j'ai entendu l'histoire de ce jeune homme de dix-sept ans, mort d'une overdose d'alcool après avoir fêté son bac. Pour commenter ce drame imbécile, le journaliste a déversé les chiffres effrayants de la consommation d'alcool chez les jeunes.

Moi, je fais partie des statistiques des années 1970. J'ai commencé par un verre, comme tout le monde. Je suis devenue alcoolique à Paris, quand j'étais étudiante, parce que ça rendait ma vie cool et joyeuse. J'aurais dû en mourir, comme ce jeune homme l'été dernier. J'y ai laissé seulement vingt-cinq années de ma vie. Parce que j'ai eu de la chance. Énormément de chance.

Cet ouvrage a été composé et imprimé par
la Société Nouvelle Firmin-Didot
Mesnil-sur-l'Estrée en octobre 2008

Dépôt légal : Novembre 2008
N° d'édition : 361/01 – N° d'impression : 92177

Imprimé en France